続・孤独のすすめ

人生後半戦のための新たな哲学

五木寛之

作家

651

中公新書ラクレ

海・洋の環境ものがたり

正本 亮

中公文庫

孤独と自由は手をとりあって

『孤独のすすめ』（中公新書ラクレ、二〇一七年）を刊行して以来、びっくりするほど多くのインタビューや取材依頼が押し寄せてきました。私自身も改めて孤独について、考え直してみることになったのです。その中でやはり気になるのは、「孤独」という言葉にともなうネガティブなイメージでした。

孤独という言葉は、いつも「老い」や「死」とセットになっているような気がしてなりません。つまり、孤独をさびしいものとしてとらえているような感じなのです。

私は以前から、「孤独」や「下山」をポジティブに受け取る立場もあるのではないかと思ってきました。
人は群れて、人と一緒にいたいと思う一方で、一人でいたいという気持ちも本来はあるはずです。
そんなことを考えているときに、ふと思い浮かんだ言葉があります。

〝孤独と自由は手をとりあって〟

これは私が勝手に用いた文句で、孤独はこうありたいという願望も込めたキャッチフレーズです。
この言葉には原典があります。
"JAZZ AND FREEDOM GO HAND IN HAND"
ジャズと自由は手をとりあって、というジャズの本質をみごとに表している言葉なのですが、私はあるとき、ジャズの代わりに「孤独」を当ててもいいのではないかと思ったのでした。

私はときおり仏教の開祖であるゴータマ・ブッダが生きていた時代のことを考えることがあります。

ブッダは、部族のプリンスという恵まれた立場にあり、また夫人も子供もいたにもかかわらず、家庭を飛び出してヒッピーのような暮らしを始めました。それは、生きる道を求めた結果でもあったけれども、また孤独というものへのひそかな憧れもあったのではないかという気がするのです。

平安時代、この国では「隠遁《いんとん》」という生き方が、当時の貴族や知識人にとっての一つの憧れであり、理想でもありました。「隠遁」あるいは「隠棲《いんせい》」という語感には、社会から落伍《らくご》して片隅で暮らしているというしょぼくれたイメージがあるかもしれません。

しかし、まったくちがうのです。

当時、隠遁者として有名な人といえばやはり西行でしょう。勅撰和歌集には必ず載る歌人です。

武家の名門出身ですから、それなりの栄達の道はあったはずです。しかし官職の道にも進まず、若くして出家し、歌を詠みながら一生を過ごしました。

願はくは　花の下にて　春死なむ　そのきさらぎの　望月のころ

旅をして、旅のうちに「花の下に死なむ」という歌をのこし、出家の身として最期を迎えた。

僧として順調に出世街道を歩いている僧都《そうず》の中にも、隠棲する人は少なからずいました。周囲には、あいつは途中で投げだしたと見る人がいる一方で、ああいう生き方もまたいいなあと、ある意味、憧れを抱く人もいたのです。

こうした身の振り方というのは、いまでいえば、東京大学法学部を出て国家公務員上級試験にパスし、財務省なり外務省に入って次官コースに入りうる人たちが、そこをコース・アウトして「隠遁」するといったところだろうと思います。

いまでも官僚を辞める人たちはいますが、平安後期の当時でも憧れの的でもあったことはまちがいありません。

では、なぜ当時の人びとはそう感じたのでしょうか。

そこにあったのが「自由」だからではないかと思うのです。ある意味、孤独ではあるけれども、自由に生きる道でもある。だからこそ人びとは「隠遁」に憧れたのではないか。

昨年、思想家、西部邁《すすむ》氏が自死を図りました。その報道は、世間に沈鬱な衝撃をあたえました。太宰治の死のように世俗的な話題にはならなかったのですが、私はそこに何か時代の大きな揺れを感じないではいられませんでした。

西部邁さんは私にとって一面識もない思想家です。何冊かの著作を読んだり、「朝まで生テレビ！」という深夜の討論番組で、その発言に触れたことがある程度でしかありません。

しかし西部さんが展開していたポピュラリズムや反知性主義への批判には、それなりの関心をおぼえて注目していました。私の見るところでは、西部さんは反時代的であることをおそれず、すすんで孤立者の道を選んでいるように感じられていたからです。それだけに彼の自死に、どこかで深く「孤独」と通底するものを感じたのでした。

西部氏の遺稿の中に、オルテガ・イ・ガセットの言葉が引いてあったのを思い出します。

「トゥゲザー・アンド・アローン」(together and alone) というのがそれです。

私が心に描き続けた「孤独」のイメージは、まさにそこにあるのではないか。

「孤独」とは、「自分が他の人びととちがう」と、はっきり認識するところからはじまります。「他人とのちがい」は、独りでいて気付くものではありません。むしろ他者と肌を接して触れあうことの中で、その差異が明らかになり実感として深まっていくのです。唯一の自己を実感し、他者に依存しない真の自分を見出すことができる。

かつて、「連帯を求めて孤立をおそれず」という言葉がありました。十九世紀のロシア知識人たちの合言葉、「ヴ・ナロード!」というスローガンは今でも生きているようです。

「ヴ・ナロード！」とは、「人びとの中へ！」という意味です。専制ロシアの抑圧下にあった人びと、政治的に言えば「人民」となるのでしょうが、私はむしろ「世間の人びと」「普通に生きている人びと」と、わりと自由に解釈しています。

かつては過激なスローガンであった言葉が、いまではごく当たり前の感覚で伝わってくる。

「人びとの中へ！」

独居して孤立せざるをえない立場にある人びとは少なくありません。しかし、痛む脚を引きずりながらでも、人びとの中にありたい、と私も思っています。もし動けなくなっても、訪ねてくれる人がいれば、時を忘れて語り合いたい。

例えばそれは仲間と一緒に行くツアー旅行でもいい。俳句や読書のサークルにくわわるのも悪くない。ボランティアに参加するのも、スポーツの仲間にはいることも、みな本当の「孤独」を発見する絶好の機会なのです。

ある初老のご婦人は、はじめてキルティングの講習会に参加して、こうもらしていました。

「いまになって気づいたんだけど、わたし、ほかの人とくらべて随分かわった感覚の持ち主だったのね。皆と一緒に制作に参加して、はじめてわかった。七十年生きてきて、まったく気づかなかった」

そうなのです。人は孤立して自らを閉じこめているかぎり、真の自己を発見できない。他者との接触や摩擦、衝突や協力のなかで「ただ一人の自分」を見出すのです。

「孤立」と「孤独」はちがう。「孤独」は、大勢の人びとと共にある時にこそ、はっきりと感じられる感覚なのです。他人とちがう自分、たった一人の自分、それをはっきりと見定めるのは多くの人と触れあう時です。

他人とちがう自分、自分独りの感覚、そこに「孤独」の根というか、拠《よ》りどころがあるのではないでしょうか。テレビを見ていても、新聞を読んでいても、ラジオを聞いていても、ふと、「なにかがちがう」と感じるときがあります。その「なにかがちがう」

という感覚こそが、真の「孤独」への出発点です。

多くの人びとと一緒にいるときに、感じる違和感がある。「人となにかがちがう」という感覚は、そこにも発見できます。

「孤独」ばやりの昨今、あらためて「孤独」の意味を考えることで、人生後半の生き方が見えてくるような気がしないでもありません。あらためて「孤独」を考えるべき時がきたと強く感じるのです。

目次

第二章

「和して同ぜず」という思想

続・孤独のすすめ

人生後半戦のための新たな哲学

第一章

孤独に怯える人びと

これほどの孤独ブームに思うこと

これほど多くの人が孤独を感じ生きているのか。

このところ、孤独にまつわる本があいついで注目を集めるなかで思ったことです。

「孤独ブーム」というものがあるのではないかと思うほどですが、もしかしたら、この背景には、現代人が抱える深い〝孤独感〟があるのかもしれません。

かつて「3K」という言葉が話題になったことがあります。

「キツい」「汚い」「危険」という苛酷な労働の現場を反映した表現です。

しかし最近、私たちの関心は新しい「3K」に集中しているような印象です。

「健康」「金銭」「孤独」

健康に対する関心は言うまでもありません。いささか過熱気味で、テレビや週刊誌などでうんざりするほど話題になっています。あまりの健康情報の氾濫に「ヘルス・リテラシー」の必要が叫ばれるまでになりました。

「金銭」の問題もまた切実です。定年退職後にどれくらいの貯《たくわ》えがあればいいのか。安心して老後を迎えるための資産をどう築くか。二千万円とか、三千万円とか、具体的な数字をあげて解説している記事も少なくありません。

しかし、思うままにならないのが人生というものです。予想もしていなかった出来事や、厄介な病気に見舞われれば、そこそこの貯金など簡単に吹っとんでしまいます。健康も、金銭も、運次第と覚悟するしかないのです。

「健康」「金銭」そして、最後のKが「孤独」です。

孤独とは何か。

例えば、家族の中にいて感じる孤独感もあります。

はたから見ているだけだと孫や子供に囲まれて生活をして、幸せそうな毎日を送っているように見えながら、じつは一人で自分の部屋に閉じこもって暮らしているようなケースも結構あります。家庭内独居というのでしょうか。なかには、子供たちと一緒に暮らせる家があるのに、わざわざ安いアパートを自分で借りて、一人暮らしをする人の例もあるようです。

夫婦といえどもちがった人間です。全く別々の人間が別々の家庭で生まれ、別々の環境で育ったわけですから、ちがって当たり前。子供といえども、世代もちがうので、異なる価値観をもっているのが当然でしょう。

その差異をどうしてカバーしているかといえば、お互いが我慢して抑え込んで暮らしているというのが実情ではないか。ですからそういうものから自由になりたいとか、本当の自分でありたいとか、そういう願望が今の組織人、家庭人の中に実は密かに、底流としてあるのではないかと感じるのです。

先日もテレビで大論争になっていましたが、夫が水洗トイレで立って排尿するのを、女性はひどく嫌うという。つまり、立って用を足すと、尿が霧のように飛び散って便器の周りや壁を汚すということらしい。ですから、ちゃんとズボンをおろして便座に座って用を足してほしいというわけです。そういう場合には、大体娘さんが母親に同調して、お父さんが間違っていると攻撃してくる。お父さんは孤立するわけです。

しかし〝昭和の男〟にとって、小便のたびにベルトを外して、ズボンを脱いで後ろ向きに座るというのは、かなり抵抗感があるのではないか。

いろんな人に聞いてみました。「どうしていますか？」と。若い人は大体座ってしているると言っていました。しかし、昭和生まれの男たちは大体立ったままの人が多かったようです。

洗濯機に衣類を入れる際も、お父さんの下着と一緒に入れないでくれと娘に言われる。食べ方もうるさく言われるらしい。例えば、「絶対にパスタを音たてててすすらないで！」ときびしく叱られる。古いお父さんにしてみれば、うどんだって、そばだって音をたてて食べるじゃないか、同じ麺類だろうと思うらしいのですが、絶対に許してはもらえない。

こんなことはほんの一例です。くだらないことのようですが、日常はこうしたことの積み重ねです。それぞれ自分の持っている要求を抑えながら、なんとか和して暮らしている。

地元のサークルに入って、人びとに囲まれて、幸せそうに生きている人でも、実は先に述べたように家では孤立感に怯《おび》えていたりして、本当はなにかさびしいものを感じているかもしれない。

また、若い人たちにも孤独への非常な怖《おそ》れがひそんでいるように感じることがあります。孤独であることに不安を覚え、なにかしら絆《きずな》や連帯感を求めているように思うのです。

イベントにあれだけ人が集まる。ハロウィーンなどの夜には、大勢の若者が渋谷の街に繰り出す。それも、孤独感を一瞬だけでも忘れ、連帯感の中に自分が生きているという感覚を味わいたいための行動ではないのかと、何かうなずける感じもないではありません。

しかし、それはそのつど孤独を一瞬、癒してくれるが、根源的に人間の孤独感を救ってくれるものではない。

だれもが孤独に死んでいく

もう一つの問題は、「孤独死」に対する怖れでしょう。

最近では「孤独死」と言わずに、「単独死」と言ったりします。ＮＨＫのドキュメンタリーで単独死を扱った番組が大きな話題になったことがありました。その番組の中では、下町などにあるアパートの一室で、だれにも知られないうちに一人で亡くなり、何カ月もたってから発見された老人などのエピソードが多く紹介され、視聴者へ大きなショックを与えたそうです。

少子高齢化が進んでいるこの国では、すでに日本全国の一般世帯の三五パーセントが独居世帯であるという。ですから、物理的に孤独であると感じたり、または孤独に怯えている人が急激に増えているということも、孤独ブームの背景にあるのではないか。

NHKの番組に代表されるように、現代人が不安に思っている要因の一つとして、老後の問題を含めて、「孤独」というものが、不安な、非常に忌避すべきものとして捉えられているのです。一人で死ぬことへの不安は、高齢者だけではありません。私のまわりの若い女性なども、「一人で死んでいるのが発見されるのだけはイヤ」と、それだけの理由で結婚をあせる気持ちになる人もいます。

「孤独死」「単独死」は、これから急激に増えていくでしょう。それにどう対処するか、という問題も重要なのですが、その前に考えるべきことがあるように思います。

それは、そもそも人は本来孤独を恐れるべきものだろうか。あるいは、孤独はただ避けるほうがいいのか、ということです。

私は孤独の中にも、何か見出すべきものがあるのではないかと思うのです。人間は、他人と共生しながら、じつは、こころの中で孤独をひそかに求めている、そういう気持ちもあるのではないでしょうか。

むしろ、孤独の持っている可能性というものをいま、私たちは冷静に見つめ直すときにさしかかっているようにも感じるのです。

「既読スルー」に傷つく若者たち

先日、私鉄の電車に乗りました。

私が立っている前の席が八人がけで、そのうちの六人が携帯電話を見ていて、他の二人は何か読んでいたのです。一人はコミックで、もう一人が読んでいるのは文庫本でした。いまどき文庫本を読んでいる人がいるのは本当に珍しいのですが、何を読んでいるのかはわかりません。

私の若い頃は、八人坐《すわ》っていれば六人ぐらいは雑誌とか文庫本とかを読んでいた時代もあったのになあ、と思いました。

現在は、小・中学生から始まり、高校生や大学生、社会人すべて、いわゆるSNSと呼ばれる、ラインとかフェイスブックとかツイッターなどのネットワークに費やす時間がものすごく多いようです。

じつは皆がひそかに、人と人との「つながり」を求めているのかもしれません。それは一刻の空白もゆるされない不安です。

その状況はこの電車の中の光景を見れば一目瞭然です。いまやSNSと無縁の人のほうが変わり者だとみなされる世の中なのでしょう。

その気持ちは、わかるような気がしないではありません。背景にあるのは、孤独であるということに対する不安と恐れのようなものではないかと思うのです。

また、孤独であるということは、みすぼらしいことであり、情けないことであり、敗者の生き方なのだというような先入観もあるような気がします。それが私たちのこころの中に刷りこまれている。そして、それがクラスや会社の中で孤立することはいじめと同義となってしまうかもしれない。

二〇〇八年に起きた秋葉原の通り魔事件の容疑者が、自分が携帯サイトの掲示板に書きこんだのに反応が薄いことなどから孤立感を深めたとニュースで解説していました。そうした孤立感から苛立《いらだ》ちとみじめな思いを募らせ、犯行の大きな動機となったということも、たしかにありうるような気がしないでもありません。

一方で、東日本大震災を機に澎湃《ほうはい》としてわき起こったのが、「絆」を求める声です。それはいまも根強く残っています。

それに対して、私はしばしば天邪鬼《あまのじゃく》的に応じてきました。

考えてみれば、私たちの少年時代、青年時代には、あえて求めなくとも絆というのはじつに多かったような気がします。

「地域の絆」というものがある。「親族の絆」というものがある。「家の絆」というものがある。「肉親の絆」というものもある。

そんな鎖のような重さを持った絆から解放されるということが、若者の一つの夢だった時代があった。例えば、私は九州生まれですが、地方の人間が上京するという気持ちの中には、単なる旅立ちではなくて、絆から脱出したいという脱出願望がありました。私や寺山修司といった世代の者にとってみると、「絆」というのは重荷だったわけです。血縁の絆、肉親の絆、地縁の絆。

本来「絆」という言葉は家畜を逃げないように縛り付けておくための縄のことを言ったわけです。その絆から逃れるために、故郷を捨てて上京するというのが昔の一つの憧れだった時代もありました。そういうものから自由になるというイメージがあったのです。

つながっていたいけれど、濃密なのは避けたい

けれど、いまの時代は血縁、地縁などによる「絆」が、かつてより薄くなったせいか、逃れるべき桎梏《しっこく》というイメージも薄くなっているのかもしれません。時代を経て、絆と

いうものへの価値観がずいぶん様変わりしたことを実感します。

しかし、その一方で、若い人たちは濃密過ぎる人間関係は避けたいと思っているらしい。

あるとき私が、若い女性に、

「最近はデモに行く人も少なくなったね」

と言ったことがありました。するとその女性は、

「デモというのは、知らない人と腕を組むんですか?」

と聞くのです。

「いやそれは、当然、知らない人とも腕を組むよ」

と言うと、

「イヤだー。気持ちわるーい」

と、一蹴されたのです。

そんな時代になったんだな、と思いました。つまり、人と肌を接して腕を組んで、と

もに歩くようなことは生理的に嫌なのだ。

　このように、人と人とがつながるということが、あまり濃密に、脂のような濃い関係であることはうっとうしいのかもしれない。しかし、まったく孤独でいることには耐えがたいという感情も一方にはある。

　いま、四十歳を過ぎた男性、女性で、結婚しないで独りで生活している人はかなり増えています。教育制度が普及して、高等教育が行き渡るにつれて、独身者が増えてくるらしい。これは日本だけではなく、どこの国でも統計的にもはっきり出ています。近代的自我というものを確立してしまった人にとってみると、やはり一人でいるということが大事なのだと思います。とはいえ、そういった人たちも他人から承認されようとする、あるいは評価されようとする。友だちから評価されたい、まわりから評価されたい、親から認められたい、そういう気持ちが一般的に強いと思われます。

　一方で、今の社会は、ある意味ではたいへん組織化されています。家庭というのも一つの組織だと考えていいのかもしれません。近所付き合いも、親戚付き合いということも、全部ある意味では、村的な組織などとつながっているところがあって、本来自由に生きたいという願望がある人でも、最終的には孤独感を抱いたまま、生きていかざるを得ないような気もします。

昔、狂瀾怒濤《きょうらんどとう》の時代には、組合があったり、会社の組織の中でもいろんな個性がうごめいていました。だから集団の中に身を置きながらも、自由や「個」を持つことができたのだと思います。ところがいまの時代、そういう人たちが立場を失いつつあります。組織の重圧は、いまのほうが大きいのではないでしょうか。

そんな中でも自分を持ちたい、人から認められたいという欲求が現代の若い人には強い。

だから、あいだに何かワンクッションを置いて、さらっと付き合いたい。そんな気持ちで、みなが孤独から逃れる道をスマートフォンの画面に求めている。

対面して話すには、プレッシャーがあります。言いにくいことを言わなければならないこともあります。

しかし、メールだと、ふだん言いにくいことでも、さほど抵抗なく書いたりできるような気がするのです。「つぶやく」（ツイート）ことはさらに気楽でしょう。

手紙にして文章を書くとなるとまた、自分の存在感が出すぎてきつい、ということのようです。そんな中で、だれもが孤独から逃れる道を探しています。

仲間と腕を組み合って、体温が感じられるような接触の仕方は望まないけれども、といって、みんなにシカトされるというか、孤立するのは困る。つかず離れずのような関係性をつねに維持したい。

そういう願望が現代人の中に、子供から大人まで、急激に広がっているのではないかなという気がするのです。

私個人も、このやっかいだけれども、切実なテーマについて、断定的に結論づけようとは思っていません。自分の見てきたものや歴史上の人物などに触れながら、右往左往しながらも、一緒に考えていくしかないのです。

ただ一つだけはっきりしていること。それは、だれもがいずれ一人で、孤独の中で死なくてはならないということです。

それは看取《みと》る人がいるかどうかという問題ではありません。結局、人は孤独に生き、孤独に死んでゆく。その事実は、否定しようがないからです。

第二章

「和して同ぜず」という思想

大切な友人となぜ距離をおくのか

これまで、この人はすごく好きだ、この人とは気が合いそうだな、生涯の友になれそうだという人とは、かえって意識的に、できるだけ距離を置くようにしてきました。

水のような付き合いでないと友情は長く続かないと思うからです。

年に何回か会うとか、時々手紙を書くとかという付き合いが、もう五十年、六十年と続いている人がいます。私はいい加減な人間ですが、「君子の交わりは淡きこと水のごとし」というのは真実だと思います。こってりと蜜のような濃い付き合いというのは、愛憎入り乱れて、どこかで破綻するのではないかと感じるのです。

遠くで、おたがいに見守っているというような付き合いが、いちばんいい友情なのではないか。

水のごとき友情というのでしょうか、そういうものが私には合っているようです。亡くなった阿佐田哲也さんとか、小島武夫さんとか、何十年もの仲間は多くいたし、いまもさまざまな友だちがいるのですが、一年に一回言葉を交わすとか、何年かに一ぺんどこかで偶然会うとか、そんなふうに、できるだけ、濃密な付き合いを避けてきました。

永六輔さんとも、旅先で偶然会うことが、時々ですがありました。向こうも旅している。こっちも旅している。「ああ」とか言って手で合図をしながら、駅のホームで話をして、「それじゃあね」と別れる。放送局の廊下で立ち話をする。約束して会うとか、食事するとか、そういうことは一度もありませんでした。

細く長く、持続することが大事だとずっと思っているからです。

小沢昭一さんとも、ＴＢＳの局内でときどき顔を合わせる間柄でした。私はＴＢＳラジオで、二〇〇四年まで二十五年間、『五木寛之の夜』という番組をやっていたことがあります。

小沢さんはそれよりもっと長い、『小沢昭一の小沢昭一的こころ』という番組を持っていて、夜中にしばしば、ラジオ局のトイレで顔を合わせることがありました。並んで、連れションしながら、「お互い、いつまで（番組を）やりますかね」などという話をしたものです。

そういう付き合いを長く続けている友人が何人もいて、たまに私がやっているトークショーにゲストとして出てもらったりもしたものです。

大仕事を終えた仲間が「じゃあ」といって解散する

かつて面白い外国映画を見たことがあります。それは一本の映画をつくる話なのだけれども、その映画づくりというのは、映画を制作するためのプロダクションを作って、いろんなプロたちを呼び集めて、その仲間で力をあわせて映画を完成させる。そしてその映画が完成したら、プロダクションを解散するのです。みんな仲間がバラバラになる。いいなあと思いました。大きな会社が連続して映画を作るのではなく、志を同じくする仲間がかりそめの制作集団をつくり、一つの作品をつくりあげたら「じゃあ」といって去って行くスタイルがいいなと。そのときの記憶はみんな残っているわけですから。

昔、北九州の居酒屋みたいなところで夜食を食べていたとき、こんなことがありました。

おそらくいま一緒に仕事をしているのか、たまたま居酒屋で知り合ったのかはわからないけれども、そこで何人もの労働者たちが飲んでいました。

一人の人物が、「俺はね、あの若戸大橋の工事をやったときに働いたんだよ」というわけです。それを一生の自慢というか、自分のアイデンティティーとしているような口ぶりでした。

すると、もう一方の人物が、「俺は黒部ダムをやったことがあるんだ」と口をはさむ。「あのときは大変だった。人がいっぱい死んでね」と胸を張るのです。この人にとっても黒部ダムで働いたことが一生の誇りなのでしょう。

あるとき、ある場所で、自分の職人としての技を発揮して仕事をする。それが終わると離れて、また新たな仕事のために旅をするというような、そういう生き方に私は共感を覚えるのです。

子供の頃から、私はそういうものに引かれていたような気がします。

人間は結局、最終的に独りなのだという気持ちがずっとあったからかもしれません。

しかし内心は人間関係を大切に思っています。大切なものは壊したくないのです。

私がこの本の中で語ろうとするのは、孤独であれとか、孤独が大事だとか、という単純な話ではありません。

つまり、孤独の持っている恐ろしさや、孤立感や、たよりなさや、そういうものから目をそむけるわけにはいかない。安直な絆だけを求めてはだめだということです。世間の絆というものを大事にしながら、同時に、その中で、ひとりで生きてゆくことの意味を問うべきだと思うのです。

約束を守ることができないときも人間にはあります。誓いを守ることができないときもある。そのことを知ってしまった人間たちは、どうすればいいのか、ということです。いま、私たちは孤立を恐れています。

しかし、人との付き合いはするけれども、付き合いがなければ生きていけないということではありません。孤独でも人は生きていけるのだ、と思います。

友情というものに過度の期待をかけるのはやはり禁物です。友情はいつか消えたり、裏切られたりするものだということを頭の隅に置きつつ、同時に、友情に殉ずる道はあるか。それは難しいことですが、それでもそれを求める気持ちは抑えることができません。

孤独者の絆

いまは仏教についてさまざまな本がさかんに出ていますが、それも理由があるのだろう、という気がします。

一つには、コミュニケーションを大事にしながら孤立する力をどう考えるか、という問いに対する答えを人びとは仏教に求めているのかもしれません。

世俗を離れて僧になることをふつうは出家といいますが、俗世間と離れただけでは宗教的な完成にはなりません。もう一ぺん、俗世間に戻ってこなければいけないのです。

しかし、出家した人間が俗世間に戻ってきたときには、昔の俗人ではない。一度、絆を断った人間として、人びとのあいだ、市井に戻ってくるからです。

『十牛図《じゅうぎゅうず》』という絵物語があります。禅の、牛を追って悟りにいたる道筋を示すイラストレーションの入った書ですが、図の最後には、悟りを得た人間が市井に戻ってきて、街の人たちとなごやかに雑談したり、酒びんを手にふらふら歩いたり、猥雑《わいざつ》な市場をほっつき歩いたりする姿が、悟りの境地として描かれています。これは最後のシーンで「入鄽垂手《にってんすいしゅ》」といいます。

『方丈記』で知られる鴨長明は、いきなり若いときから世を捨て、山の中に隠れ住んだわけではありません。五十歳ぐらいのときです。いやというほど世俗の荒波や宮廷政治の表裏にもみくしゃにされたあげくに、身を引いたのです。

私が考える孤独とは、人との接触を避けて、自己を凝視する生き方ではありません。群れから一人離れてさまようというのも、私が考える孤独のイメージではない。

現実から身を引いて自然と対話したり、独居して読書や音楽に沈潜するというのは、どちらかというと孤立者の幸福で、これも違います。私が思うのはひとり旅のすすめでもなく、シンプル・ライフへの憧れでもありません。

孤独とは、大勢の中に身を置きつつも、「和して同ぜず」ということなのではないか。

これは『論語』の中の言葉のようですが、皆と共にいながら自分を失わないことを言っています。それが真の「孤独」だと思うのです。

自分が孤独であることを自分なりにちゃんと確認し、しかもその孤独に耐える力を大事にしていくということが、いまの私たちにとって、いちばん大切なことかもしれません。

私たちは一度、「孤独」とは何かをちゃんと認識した上で、孤独な人間同士として、孤独者の絆というものをつくらなければならないのではないか。甘えた気持ちだけで、自然発生的な人間の絆というか、連帯のようなものを安易に求めてはだめだと思うのです。

絆と戦争

思い起こせば戦時中、私たちは、あまり孤独というものを感じることがありませんでした。

国民としての一体感と感激というものが、つねに私たちのこころを浸していました。戦時中、日本人は孤独だったかと言えば、孤独ではなかったと思います。

そんな当時でも、知識人の一部には軍部の横暴に対して批判する人がいました。彼らは孤立していたと思います。刑務所の中にいた人もいます。しかし、私たちは、彼らの存在自体を知らなかったのです。

国民一般ということで言えば、女の人たちは割烹着に襷《たすき》がけで「大日本国防婦人会」や「愛国婦人会」に属し、男たちは国民服を着て出征軍人を送り、防空訓練に励んでいました。

そういうことを「いやだ」と思わず、むしろ一種独特な昂揚感を持っておこなっていた人びとが、子供時代の私や両親を含め、大多数だったのが現実だったのです。

大正期から昭和のはじめにかけての、一種の自由主義的な空気の中で生まれた孤立感

――芥川龍之介は「僕の将来に対する唯ぼんやりした不安」と表現しています。説明のしようのない、なんとも言えない漠とした不安というような意味です。そうした人間たちが、競って提灯行列や、千人針、慰問袋を送ることなどに夢中になっていくのです。

そうした活動の一つとして、隣組ができました。

例えば、こんな唄もあります。

隣組

（作詞・岡本一平　作曲・飯田信夫）

一、とんとん とんからりと 隣組
格子を開ければ 顔なじみ
回して頂だい 回覧板
知らせられたり 知らせたり

二、とんとん とんからりと 隣組
　あれこれ面倒 味噌醤油
　ご飯の炊き方 垣根越し
　教えられたり 教えたり

　作詞をした岡本一平さんは当時の売れっ子漫画家です。画家、岡本太郎さんの父上ですが、こうした唄が当時大ヒットし、さかんにうたわれました。それまで孤立していた都会の人びとの連帯感のようなものが、江戸時代の長屋のように、復活したのでしょうか。

　それまで農村には、集落としての「絆」がありました。そこから都会へ出てきて、砂のごとき労働者として、ばらばらの孤立感を深めてゆきます。

　しかし、戦時体制というものができて、絆をなくしていた人びとはまた、ある種の一体感を覚えることができました。そうした中で日本の戦争へ向けての動きというものが加速していったと私は考えています。

だからよく言われるように、戦争は一部の青年将校とか過激な軍部が独走して起こした、というふうには私は思わないのです。

軍人も決しておろかではないので、背景に、自分たちを支持する国民的な感情のうねりのようなものがあることを、もちろん知っていました。そうした感情に対して、集団は無意識的に依存してゆくものです。

例えば近衛内閣が戦線不拡大方針を打ちだそうとしても、軍部は、

「そんなことを言っても、国民は、もっと領土を増やすことを望んでいる、戦争への熱に燃えている」

という、民衆の情熱が後押しをしていることを感じていたと思うのです。

孤独からの脱出という人びとの意識の中に、国民的一体感が生まれ、それが帝国主義的なアジアへの膨張政策の背中を押したと、私は考えています。あの戦争は国民全体が参加したのであり、一部の間違った指導者に率いられて国民が誤った道へ導かれたとい

うふうには思っていません。

孤独を恐れるこころというのは、このように非常に危険なものです。人間との一体感を求めることから生まれてくる一種のナショナリズムもあれば、民族主義もある。

孤独というものに対して、私たちは、もっと強くなるべきかもしれません。

皆と共にいることで見えてくる自分

『孤独のすすめ』という本を出してから、いろいろな時に同じことを聞かれるようになりました。

「要するに社会参加をするな、という意見ですか？」

などと全く見当ちがいの質問をしてくるジャーナリストもいます。また、

「老人は世間から離れて独りで生きよ、という話ですよね」

などと、ぜんぜん本を読んでいないような質問も少なくなかったのです。

年をとると人間はほうっておいても孤独に閉じこもりがちです。それを避けるために、「一日三人の知らない人と必ず会話をするように」

などとすすめる意見もあります。一日三人というノルマを守るのに必死で、道でいきなり人に話しかけて怪しまれたりするのも、その強迫観念の影響でしょう。

民謡の会に参加する。ダンスを習いに通う。NPOの組織でボランティアをやる。ツアー旅行に参加して、皆と友達になる。俳句の会もあるし、スケッチを習うのもいいでしょう。私はそういった社会参加を否定しているわけではありません。むしろその反対です。

ひとりで閉じこもっているより、どしどし他人と一緒に何かやればいいのです。

しかし、そこで、孤独とはどういうことかという問題が生じてくる。

繰り返しますが、孤独は孤立とはちがうのです。

孤独とは、大勢の中にいながらも「和して同ぜず」ということ。皆と共にいながら自分を失わないことなのではないでしょうか。

サンガに学ぶ

古代インドで、ブッダの教えを守って悟りの道を歩もうとする人びとが、集まって集団生活をしました。その集まりを「サンガ」と言いました。

「仏《ぶっ》・法《ぽう》・僧《そう》」をうやまえ、と聖徳太子は言ったといわれます。伝説ではありますが、その言葉は日本仏教の中で連綿として大事にされてきました。そのまま読むと、仏＝ブッダ、法＝真理、僧＝坊さん、というふうに聞こえます。寺でもそう教えてきました。

しかし、ここでいう「僧」とは「僧伽《サンガ》」のことです。仏法を求める者たちが集まって共に修行する共同体が「僧伽」です。その集団を大切にせよ、というのが「僧」を尊重せよという教えです。個々のお坊さんをうやまえ、という話ではありません。

この共同体、サンガは、多くの修行者たちが瞑想《めいそう》したり、語り合ったり、托鉢《たくはつ》をしたりする場所でした。竹林精舎、祇園精舎などがそれです。

そこで暮らすためには、それなりのきまりがあります。それを乱すことは厳しく禁じられていました。

グループや集団には、規則というか、約束ごとが必要不可欠です。また皆と仲良くやっていく必要もあります。しかし、全員が機械のように同じタイプになる必要はないのです。

それぞれに個性もちがう。経歴もちがう。体質もちがう。ちがう人間同士が一緒に何かをやるのだから、全員同じ型にはめようとしても無理なのです。

サンガでもそうでした。そこでは皆と和する必要がある。仲よく生きて、しかも集団の規律は守らなければならない。

当時のサンガは、労働や生産活動をせずに生きる場所でした。社会一般の人にかかわって、人間の生き方や、宇宙の真理を探究するのが仕事なのです。

だから生活は世間に依存する。つまり托鉢によって生きることになります。

俗世間の人びとは、サンガの僧たちに自分たちの労働の一部を喜捨する。そして真理を受けとるわけです。

サンガの人びとは、どのように暮らしていたのでしょうか。聞くところでは、集団行動は少なかったようで、それぞれが瞑想したり、問答を仲間としたり、ぶらぶら歩きながら考えたり、先輩の話をきいたりしていたそうです。

軍隊のような厳しい訓練のくり返しではなく、かなり自由な生活だったらしい。

大先達のブッダに対しても、のちの時代のように崇拝して帰依するのではなく、初期のサンガの仲間たちは、

「ゴータマさん、これについてはどう考えてるのかね。わたしはこう思うが、まちがっているだろうか」

といった調子で、気軽に対していたという見方もあります。しかし、やがてブッダの

死後、仏としての崇拝がはじまり、ブッダは神格化していきました。

人びとと共に暮らすことは大事です。そこには和がなければなりません。しかし、和するということは、全員が一体化することでは断じてない。人はそれぞれ個性をもった独立者だからです。ちがう人間が集まって、一つの大きなハーモニーを作るのです。

一人一人の声が聞こえる合唱

私は〝昭和の子〟です。軍歌や国民歌の黄金期に育って、数かぎりない歌をうたいながら育ってきた。それらの歌は、すべて斉唱《せいしょう》でした。同じメロディーを全員でうたうのです。合唱とか、ハーモニーの魅力というものを音楽の時間に教えられることがありませんでした。思えば貧しい世代です。

和声や合唱の魅力というものを知ったのは、戦後になってからでした。いまでは全国各地にママさんコーラス団などもあって、合唱は生活の中にとけこんでいます。

合唱は言うまでもなく、ハーモニーが土台にあります。それぞれの異なったパートを、各人が同時に唱和する。全員が同じメロディーをうたったのでは戦時中の斉唱に逆もどりになります。すなわち「和して同ぜず」。「個声」が「和」してハーモニーになるのです。

孤独とは、独りでぽつねんと自己をみつめていることではありません。皆と「和」しつつ自己のパートを失わないことなのです。

それぞれ独立した人間が、自己の音を守りつつ合唱する。自己の持つ特異性や個性、才能などを守りつつ、他と集団を生きる。他人とちがう自分を守る。それが孤独の本質なのです。

「和して同ぜず」というのは、言いかえれば連帯しても「一億一心」にはならない、ということです。それは「集団的孤独」というふうに表現してもいいかもしれません。

ロシアやブルガリアで合唱をきいて感動するのは、全員がただ声を合わせようとはしていないことです。それぞれのパートを守りつつ、自分の声でうたっている。全員が同質の声になろうとはしない。ちがう人間が集まってうたうのだから、それは当然でしょう。だからこそ合唱でありながら、あれほど強い声の合唱になるのです。

合唱でありながら、一人一人の声が聞こえる。聞こえつつ合唱になっている。その辺の微妙な関係が合唱というものの魅力なのではないかと思います。

「一億一心」というのは、かつての戦争の時代のスローガンでした。自分を殺して大義に奉ずる。ある意味では人間の機械化。均質、同質をめざす思想です。

どれほどAIが発達しても、人間の合唱と同じ音は作れないでしょう。人間の声は、時にひずみ、時に濁り、時にかすれ、時にねじれる。そのすべてが渾然一体となってはじめて合唱が成立するからです。

ひとつのグループ、ひとつのサークルの中で極端に自己主張をしていただけでは運動は成立しません。しかし、全員が機械のように正確に動いたとしても、その集団は生き生きと作用しないでしょう。

「同じくすること」と「同じくしないこと」、そして「孤独であること」と「全体に融和すること」の間には、深い亀裂と対立があります。「集団的孤独」といえば、はたして意味が伝わるでしょうか。「和して同ぜず」とは、そういう二つの中心をもつ「楕円の思想」といってもいいと、私は捉えています。

現実とは常にそういった非論理的な対立をはらむものです。

古代のサンガでは、激しい議論が行われていたといわれます。

私は以前、インドでナーランダ大学の遺跡を訪れたことがありますが、そこに当時の問答場のあとが残っていました。一人が坐して回答者となる。一人はその前に立って、烈《はげ》しく究問者となる。そこで手を振り声を張りあげ、激しい言葉による決闘が展開するのです。問答とは、本来そういうものでした。集団の中で闘いつつ和する場が、古代の大学だったのです。

一〇〇歳までの長寿時代に……

最近、なぜかしきりに引用されるのが、ルソーとホッブスです。それぞれ考え方によってはいささかアブない思想家ですが、ある転形期に両者が引き合いに出されることはわかります。共にどこか今の時代とかかわりあうことの多い大きな存在だからでしょう。

集団と個人とは、ふつうに考えれば両立することがむずかしいものです。しかし個の独立のない集団はファシズムです。〈連帯を求めて孤立をおそれず〉というが、「孤立」と連帯は両立しない。しかし「孤独」と集団は両立しなければならないのです。おのれを滅してしまった集団は機械的集団にすぎない。戦時中のスローガンだった〈滅私奉公〉がそれなのです。

しかし、個を守りつつグループに和するというのは、言うはやすく行うは難き道だと思います。

人は老年に達すると、おのずと衆に和する機会が少なくなってきます。また、それをわずらわしく思う気持ちも生じてきます。花鳥風月を友として、独り閑居する暮らしに憧れたりもするときがある一方で、世間や人びとと親しくまじわりたい、という願望もあるのも事実です。隠棲と世俗の間に揺れる心があるのが人間というものでしょう。

毎年、春先になると、ホテルなどで盛大な叙勲祝賀パーティーが催されるのが常です。国から受ける名誉を祝って、盛大な祝賀の会が連日のように開かれます。いくら年をとっても、いや、年をとればとるほど世俗的な名誉には心惹《ひ》かれるものらしい。

また一方で〝ひきこもり老人〟も少なくありません。若者のひきこもり現象は年ごとに増加しているらしいのですが、高齢者の孤立も激増しているといいます。

家族と共に暮らしていても、一人部屋にこもって出てこない老人たちがいます。食事は部屋の入口に置いておく。勝手に食べて、一日中ずっと部屋からは出てこない。やがて要介護の状態になっても、施設にはいって友人、家族とも会わない高齢者も少なくないという。

高齢のかたがたが、若いスタッフに幼児言葉であやされながら、輪になってタンバリンを叩《たた》き童謡を合唱するようなシーンを映像などで見せられると、なぜか目をそむけたくなるのは私ひとりでしょうか。

六十代、七十代ぐらいまでは、まだ社会的活動期です。八十歳から百歳までの二十年間をどう生きるかが最大の問題でしょう。そういう時代に私たちはいま直面しているのです。

ポピュリズムの傾向があるからこそ

ポピュリズムという問題がしきりに論議されています。もともとは庶民の生活を描く文芸や美術について言われましたが、その後、社会現象、政治的姿勢を指す場合がふえてきました。

わが国では、もっぱら批判的に使われることが多いのですが、アメリカではその始源に民衆や人民の意思を体現する運動として、必ずしも否定的な表現ではなかったようです。ロシアのナロードニキ運動（人民の中へ）も本来の意味でのポピュリズムでしょう。

いま私たちの周辺で問題になっているポピュリズムは、大衆の不満や不安を強調し、もっぱら感情的に特権階級や政治を攻撃する迎合主義的な傾向をいうようです。「衆愚政治」とか「大衆迎合主義」といった意味で使われることが多いように思います。

知性や理性より、情緒、感情に訴え、単純なスローガンで大衆をあおる動きです。アメリカのトランプ大統領などをさしてポピュリズム政治家という場合も多いのはそのためです。

しかし、本来のポピュラーの意味からしても、必ずしもそれが反動的な思想ばかりではないのは当然です。ポピュラー音楽は、ジャズ、ロック、フォークをはじめ、ポピュリズムの音楽の一形態と言っていい。

否定的に見るポピュリズムの典型は、多様性に対する攻撃です。「和する」ことを一方的に強調し、差異を認めない。移民や多民族との共棲については、おおむね対立的です。

「和して同ぜず」の「同ぜず」の部分についても、否定的です。しかし、民主主義とは本来の意味でのポピュリズムではないでしょうか。

民衆と衆愚は紙一重というより、常に一体化する場合が多い。衆愚政治を批判し、独裁制へ向かうのがポピュリズムとは限りません。エリート政治もまた独裁への志向がある、というのは、誤解を招きやすい言い方かもしれませんが、選ばれたエリートと、愚かな大衆、という単純な分け方にも、一理ないわけではありません。

ポピュリズムには二つの側面があります。ひとつは「反・知性主義」です。もう一つは「反知性・主義」です。知の特権化と階級化に対するNOが、「反・知性主義」です。それに対して「知性」を攻撃し、それを否定するのが「反知性・主義」です。

戦前の軍部の動きには、「反知性・主義」の要素がありました。国民感情の本能的な部分をあおり、国民の一体感に支えられて独走した軍人たちは、誤ったポピュリストといっていいでしょう。国民感情の高まりは、国外進出への民衆感情のうねりを反映したものだったからです。

ポピュリズムは両刃の剣です。二者択一を迫られて立ちすくむのは当然だろうと思うのです。「同ぜず」の部分にアクセントをおくことが、必要な時代になってきたような気がする昨今です。

第三章
生物としての孤独とは

ホモ・モーベンスとして

長尾和宏さんという、臨床医として多くの人びとの治療にあたられている方の書かれた本（『ばあちゃん、介護施設を間違えたらもっとボケるで！』丸尾多重子氏との共著、ブックマン社）を読みました。

その文章の中に、「徘徊《はいかい》」という言葉を、何か怪しいもの、嫌なもの、情けないものだというような感覚を持つのは間違っているのではないか、という趣旨の言葉があったことが印象に残っています。

人間は、アルツハイマー型認知症を患うと、「徘徊」といわれる現象を起こすことが知られています。ＮＨＫによると、年間約一万人の老人が、徘徊によって行方不明になっているといいます。

その多くは見つけだされるとしても、驚くべき数字です。

徘徊しようとする人間を部屋に閉じこめておこうとすると、無理やりにでも外に出ようとするらしい。二階の窓から飛びおり、大怪我をした女性の例もあるそうです。異常な外出への情熱です。

しかし、そのことは、ひょっとしたら、ふだん私たちを縛っている理性や常識などの拘束から自由になった人間の、正直な本能的な反応ではないのか。その本を読んでからそんなことを思うようになりました。

ホモ・モーベンス（動民）、という言い方があります。直立二足歩行を始めた時代から、歩いたり動いたり、そのへんを徘徊したり、野を歩いたり山を歩いたり、動きまわる姿こそが、人間の生き方の本来の姿かもしれません。

ですから、ある年齢に達し、世間的な絆や常識のタガが外れたときに、人間のこころの奥深くに隠されている放浪、移動する欲求、そうしたものが表に現れ、徘徊という現象を起こしている、というふうに思ったりするのです。

かつて、日本で定住せずに山中などで暮らす人びとの生活が民俗学的に話題になったことがありました。

「サンカと称する者の生活については、永い間にいろいろな話を聴いている。我々平地の住民との一番大きな相違は、穀物果樹家畜を当てにしておらぬ点、次には定まった場処に家のないという点であるかと思う」（柳田國男『山の人生』）

ここにある、「サンカ」と呼ばれた人びとのことです。

同じように、ヨーロッパでも、「ロマ」という、定住しない民がいます。

彼らは、それぞれの国で、さまざまな名前で呼ばれてきました。世界中のありとあらゆる所に、定住しないで動きまわる人びとがいたのです。

柳田國男が「常民」と名づけた、定着して農耕を営む人びとだけが民衆ではありません。風のように訪れ、「客人《まれびと》」（折口信夫）として遇され、また風のように去っていく。定住していないがゆえに蔑視と羨望の中で生きる。そんな人びとの存在を無視することができません。

それを「ノマド」（遊牧民）的な生き方と呼ぶこともあります。人間は本来、定住という生き方にそぐわない、抑えきれない動的な衝動を持っているのかもしれません。

徘徊について

さて、徘徊ですが、かつては、命の危険さえともなうような徘徊行動を抑止するためには、からだをベッドに縛りつける以外に方法はなかったともいわれます。二階から飛びおりる老人や、突如として人に襲いかかるような人もいたらしい。ですからかつての一部の精神科病院でおこなわれていたような、拘束する用具によってからだを固定するしかなかった時代もあったのです。

徘徊が、もしも人間の本能に基づくものであるとするならば、からだを拘束し固定するのは対症療法でしかないわけですから、治療ではありません。

試みとして、徘徊する人びとを、徘徊する目的地へ戻してみるということもあります。徘徊者の中にはかつて住んでいた家など、目的地がはっきりしている場合もあるからです。しかし、家族にとってはそれからが大変なので、それも難しいのです。

ある大きなお寺が、徘徊者のためのホーム、設備を造り、塀のある境内に限って自由に歩きまわることを容認するという試みをしたという話を聞いたことがあります。鐘撞《かねつき》堂で遊んだり、決まった範囲であちこち歩いたり、境内をぶらぶら散歩したり。かなりうまくいっているという話も聞きました。

ふり返って自分はどうか、と考えてみます。

もし認知症的な症状が出るとしたら、多くの症状の中で、私はだんぜん徘徊型だと思います。いや、意外とちがうかもしれない。ふだんが、何十年も根無し草の生活をしてきたのですから、静かにじっとしているかもしれない。

ふと、徘徊者は孤独なのかを考えてみました。

孤独ではない、と答える人が意外と多そうです。それどころではないと。

しかし、私は、やはり孤独なのだと思います。憑《つ》かれたようなその行動を見てそう思うのではありません。たとえ目的地がある徘徊でさえ、周囲の人間をまったくいないかのように、遠くを見ている目。それが孤独者の目というものでしょう。それが孤独でなくてなんでしょうか。

孤独は一人で、どこかを放浪しているときばかりが孤独ではない、という説がありま す。大人数の中でこそ、孤独は感じるものだ、と言う人もいます。いわゆる「広場の孤独」というやつでしょう。会社や学校などでの孤独。

しかしもしそれが、他人との関係を求める気持ちゆえの裏返しの孤独であるとすれば、私の考える孤独とは、ちょっと違います。私の考える孤独とは、後で述べるような、動物が存亡の危機の中で感じるようなぎりぎりの孤独なのです。

黄金の時期として

先日新潟の読者の方からもらった手紙に、深刻な内容が書かれていました。

自分は、介護されるのはどうしても嫌だというのです。介護を受けつつ生きることは人間として本当につらい。どうすればいいのか、という内容でした。

これから大きな問題になってくるのは、そういう問題ではないか。

現代では、人は、家族に見守られて逝く、という死のかたちは期待できない時代に入ってきました。なかには親が七十歳、八十歳になったら縁を切るという人も出てくるかもしれません。

しかし私は、「孤独死」とか、遺骨の引取人もいないというような人の死を、それほど哀れだとも思わないし、悲惨だとも思わないのです。

古代インドでは人生を大きく四つに分けて考えていたらしい。「学生期《がくしょうき》」「家住期《かじゅうき》」「林住期《りんじゅうき》」「遊行期《ゆぎょうき》」の四つの時期です。「学生期」は、学んで大人になっていく過程、「家住期」は、成人して働き、家庭を持ち、子供を生み、そして人生に真正面から向き合う時期。「林住期」というのは、子供たちも大きくなり、ちゃんと家も残し、やるべきこともある程度やった人間だと、現役から退いて林に住み、そこで来し方行く末を考え、人間とは一体なんだろうということを思索したり、自分の求める場所に行ったりして暮らす時期です。

鴨長明が隠遁して山にこもる、最後の生き方が、「林住期」と考えられます。私はその「林住期」を、盛りを過ぎた人間の侘《わび》しい晩年の過ごし方ではなく、そこが人生の黄金期ではないか、という提言をしたことがありました。

いま、時代は、「人生百年」などと言います。林住期から遊行期までの時期が問われている。その年代を、どう生きなければならないかという問題に直面しているのです。

「遊行期」とは、林を出て、たった独りで、放浪者として、ガンジス川のほとりに、死に場所を求めて旅立つという時期です。

いちばんみじめで、さびしいように見えます。

しかしいま私は、その時期が「林住期」と同時に、ひょっとしたら人間にとってもっとも大事な時期かもしれない、という気持ちがしています。

自分自身が八十歳を過ぎて、そういう時期に差しかかっていますが、この時期をどんなふうに、人間の充実した時間として生きていくか。

これまで八十歳以上といえば、「余生《よせい》」と言って、その時期は人生の余ったおまけのようなものであって、数にカウントしない、というのが普通の考え方でした。

しかし私は、「余生」と言いません。六十五歳から九十五歳までの三十年間は、まさに人間の孤独というものを見つめながら生きていかなければいけない、大事な時期だと思うからです。

人間が、どんどん孤独になっていく過程が「遊行期」です。孤独になっていく過程を、辛抱する、耐える、衰えを気にしながら暮らしていくというのではなくて、独りで生まれてきて最後は独りで死んでいく、ものごとの完結の時期として、何か新しい観点はないものだろうか。

週刊誌の記事などで、女性の絶頂期のことを「アクメ」という言い方をしますが、もともと「もっとも実りの大きい黄金期」のことをアクメと言うのです。ギリシャ語だろうと思いますが、「人生のアクメ」というものをどの時期に置くのか。

いま、あらためて、人生の残りの尻尾のようにくっついている「林住期」から「遊行期」という時期を、人生の大事な一つの時代として再生させる必要があるのではないかと考えるようになりました。

そのときにいやおうなしに直面するのは、やはり孤独という問題なのです。

仲間が次々に世を去っても

なぜ、年を経ると人は孤独になるのかといえば、当然のことながら、それは仲間が次々に世を去っていくからです。

友だちがいなくなる。年賀状の数も減ってくる、あるいは職場もなくなってくる。子供たちは自立して家を出ていく。

私にも、自分と同年代の作家や友人などの訃報が次々に届くようになりました。

メディアを見ても、自分たちと全然ちがうところで世の中が動いています。昔、自分の愛唱していた歌を知っている人もだれもいない。古い言葉を使っても通じないことも少なくない。

見るもの、聞くもの、世間でもてはやされているもの、全部が自分と違ったところで動いているという感覚の中で、私たちは孤立感を深めてゆくのです。

その時期もなお、時代と相関わりつつ、しかし自分の生涯というものが、遠くに霞《かす》んでいるのではなくて、自分の死、自分の終わりというものがどこかに見えている。そうした中でどういうふうに充実した時間にするか。

それがいま私たちが直面しているいちばん大事な問題でしょう。

その時期のことを、その時期になって考えたのでは遅い。例えば「学生期」は、すでに「家住期」のことを念頭に置きながら、自分で何をやるべきか、ということを考えながら生きていかなければならない。

野球のイチローなど、一流のアスリートが若い頃に学校の卒業文集に書いたものとか日記などを読むと、彼らが自分の将来を正確に見定めていたことに、びっくりすることがあります。

それほどでなくても、自分たちも、もう人生は終わってしまった、自分は脱け殻だ、というふうに考えるのではなくて、エンディングの時期をいきいきと充実して過ごすためには、早くからそのことを考えていなければならない。つまり遅かれ早かれ、いずれ自分は孤独になるのだ、という覚悟です。

例えば、子供ができたときは嬉《うれ》しい。しかし親としての歓《よろこ》びと同時に、将来はいずれその子供たちと別れていくわけですから、別れていく自分というものを考えなければいけないのかもしれません。

常に、歓びの中にさびしさがあり、さびしさの中に歓びがある。入り組んだ状態、カオスというか、そういうものこそが人生です。明るいところと暗いところ、新しいものと古いもの、そのどちらかが良くてどちらかは悪いという単純な分け方は、意味のない考えだ、というふうに思うところがあります。

どんなふうに自分が「林住期」から「遊行期」を生きていくか、ということが、いま、私たちに問われているのではなかろうかと思うのです。

生物としての孤独

ここで少し視点を変えて、動物の孤独感というものについて考えてみましょう。動物は「孤独」を感じるのでしょうか？

そこで対比的に考えられるのが、動物の「愛情」についてです。動物に愛情があるのかという問題は、長いあいだ動物学の大きなテーマでしたが、動物には人間の親子にあるような愛情、そして「悲しみ」というものは存在しないという。それが世界の動物学の主流になっているようです（『ひとはなぜ愛するのか』河合雅雄・谷村志穂、東京書籍）。

世の動物好きから猛反発を受けるかもしれませんが、動物の示す一見愛情のように見えるものは、種《しゅ》、つまり遺伝子を存続させるための方策でしかないというのです。ですから、普通親は自分の命にかえても子供を生きさせようとするが、もし親が生存したほうが、その群れなりが存続する可能性がある場合は、動物は否応なく子供を殺す(子殺し)。猿などでも多く見られる現象だそうです。

もちろん、この見方に異議を唱える学者もあり、著者の動物学者河合雅雄氏など、とくに日本人の学者は、動物の愛情はあると思う、という人もいます。

しかし動物の「孤独」はどうでしょう。

おそらく間違いなく、動物には孤独感は存在するに違いありません。群れをつくる動物はことにそうだと思うのです。自分が親や群れから離れていることに対する恐怖感こそが、動物の生存を維持する大きな要因であるでしょうし、これは生殖本能と対になる、最大の生存のための本能であることは論を俟《ま》たないはずです。

これは染色体のレベルから、つねに対なるものと一体でしか存続できない、それゆえつねにだれかを求めずにはいられない、生物の宿命的な構造なのでしょうか。

ことほどさように、「孤独」とは根の深い、やっかいなもののようです。

人間も、もちろん「動物」の一種です。動きまわる生物のことを「動物」と言うのです。では、植物はどうでしょうか。

セイタカアワダチソウに思う

一時期、〝移動する植物〟というものに非常に興味を持ったことがあり、セイタカアワダチソウについてずいぶん書いたり、いろいろなところで喋《しゃべ》ったりもしました。自分で作詞した歌の中にも登場させたこともあります。

セイタカアワダチソウ。キク科のアメリカ原産の背の高い草です。その名は知らなくとも、写真で見ればすぐにわかるでしょう。きわめてありふれた草花です。「黄金の鞭」（ゴールデンロッド）という英名らしい。それが、何らかの理由で日本列島へ流れ着いたのだそうです。

これにはいろいろな説があって、「ララ物資」という、終戦後米軍から送られてきた粉ミルクなどの食糧の麻袋に付着してきたのだという説もあるし、Ｂ29が撃墜されたとき脱出した米軍飛行士のパラシュートに付いていたのだという説もあります。いや、大阪の方には戦前からセイタカアワダチソウは生えていたという説もあります。諸説さまざまあるのです。

セイタカアワダチソウは、外来種として、まず日本のどこへ来たのでしょうか。説はいろいろありますが、九州から出発したという説が強いようです。戦後、北九州の炭坑地帯とか、そういうところで旺盛に繁茂して、やがて、この列島を東上しはじめる。ちょうど高度経済成長の最中で、高速道路ができ、新幹線ができる。それによって、セイタカアワダチソウの道ができたと言っていいと思います。

セイタカアワダチソウは、引っ掻《か》かれたような、荒れた地面を好んで生長する植物と言われています。

炭坑地帯など始終地面を掘り返しているわけですから、たしかに引っ掻かれた土地ではあります。かつては、筑豊の遠賀川の流域に、まっ黄色の花のセイタカアワダチソウが繁茂して、その向こうにぼた山が見える、そんな風景が北九州にはありました。

それが次第に、九州から本州へとセイタカアワダチソウは渡り、本州を東上していくのです。神武東征ではありませんが、セイタカアワダチソウの東上のはじまりです。

一時期、奈良のあたりでは、法隆寺などの古寺が、セイタカアワダチソウの金色の波のかなたに見えるという恐るべき状況もありました。その景色に「うるわしき大和し危うし」と書いたことがあります。

さらに東上して、「俺は河原の枯れすすき」の利根川河畔のあたりにも、セイタカアワダチソウが繁茂していました。さらに東北、仙台の方にも。

どんどん東上（北上）していって、ついに、北海道では、札幌から千歳空港へいたる高速道路の左右の風景が、まっ黄色だった時代があります。

移動するセイタカアワダチソウを、安部公房の小説『けものたちは故郷をめざす』に引っ掛け、「セイタカアワダチソウは故郷をめざす」とパロったこともありました。

しかし、いずれにしても外来種の植物です。その外来植物が一定の場所に定着するのではなく、どんどん移動していく。これがセイタカアワダチソウの特徴なのです。セイタカアワダチソウはその根に毒性があるとか、さまざまな害が叫ばれたことがあります。花粉がアレルギーのもとになるとも指摘されました。それに在来種の植物を枯らしてしまう危険性がさかんに言われて、セイタカアワダチソウ絶滅作戦というのが一時期おこなわれたことがありました。

本当か嘘《うそ》かわかりませんが、自衛隊が火炎放射器で焼いたなんていう話もありましたし、また、地域で一本につき何十円とか報奨金を出して、セイタカアワダチソウを刈らせたということもありました。

いまさかんに問題視されている外来魚のブラックバスなどと同じ見方です。外来の獰《どう》猛《もう》な植物があたりかまわず繁茂し、従来からあったススキなどをどんどん枯らし、占領していって日本列島に繁茂するというイメージがあったとみえて、セイタカアワダチソウ退治が一種の国民運動のようにおこなわれた時期があったのです。

それから何十年か経ちます。最近、非常に面白く思ったのは、先日、九州をローカル線で走った際、セイタカアワダチソウを見たときです。

そのセイタカアワダチソウの背丈が低くなっているのです。背が高くない、単なる「アワダチソウ」に変わってきつつあるようなのです。

セイタカアワダチソウという外来の植物が、移動したり繁茂したりすると、この国では敵視されて生存が難しくなることから、背が低く適応したという。生物学的には「馴化《じゅんか》」と言うのだそうです。

この土地で生きていこうときめて、やや背中をすぼめ、ススキなど在来種の植物と肩を並べて同居しているような気配が面白く感じられたものです。植物も孤立しているだけでは生きていけない。周囲と和するというか、「馴化」ということを受け入れなければならない。しかし、それでも、まごうかたなきセイタカアワダチソウの姿です。ススキと仲良く同居しつつ、ススキとはちがう姿で生きているセイタカアワダチソウの姿に、「和して同ぜず」の姿勢を見た気がしたものです。

第四章
老いるヒントについて

ああ、先に行ったのかという感覚

長く生きれば生きるほど、同世代が亡くなることは多くなってきます。

阿佐田哲也さん、永六輔さん、小沢昭一さんなどの名前は以前に書きましたが、みな亡くなりました。野坂昭如さんは昭和五年生まれですが、小田実、大島渚、岩城宏之、青島幸男、高井有一などはいずれも、みな私と同じ昭和七年生まれでした。

しかし、なぜかさびしいという感情はないのです。

ああ、ちょっと向こうへ行ったのか、先に行ったのか、というぐらいの感じです。また向こうで会えるとも思わないけれども、取り残されたというような寂寥《せきりょう》感というのは、まったくありません。

それに、生きていなくても、いつもすぐそばにいるような感覚があるのは不思議です。

なにかのおりにその人の書いた本などを読んだりすると、とくにそういう気配を感じてしまう。あの世とこの世の境がないような印象もあるのです。

最近、聞いた話でなるほどと思ったのは、大阪大学の権藤恭之さんが手掛けておられる研究です。権藤さんは百歳以上の高齢者、いわば百寿者を訪ねては聞き取り調査をしているらしいのですが、日常生活の中で幸福感を覚えられる人というのは、例えば「亡くなった妻が自分のすぐ横にいる気がする」から、自分は孤独ではないと思えるのだという話をされていたといいます。

私の感じ方もまさにそうなのです。

去っていった人たちに対していなくなったという感覚はあまりありません。いつでも彼らを呼び出せるし、いつでもその言葉遣いとか、表情とか、身振り手振りまで鮮明に覚えているのです。

仲間が亡くなったときの告別式に行った帰りに、同世代の人たちとお茶を飲んだりするときも、みんなすごく陽気なのも不思議です。あいつは死んだけど、俺はまだ生きているという感覚もあるのだろうけど、なぜかしんみりという感覚は全然ない。不思議なものです。

その人がいなくなってさびしいというよりは、いろんな話を思い出しては、一人噴き出したりする。そういう面白い話がいっぱいあるので、さびしい感じがあまりないのでしょうか。

こういう話をすると、「五木さんは、あの世を信じているんですか」と聞かれます。正直に言えば、私にもそれほど確固たる、死後の世界に対する考えがあるわけではないのです。

ただ、死が終わりだというふうには考えたくない。死はもう一つ別な、新しい旅の始まりだというふうに考えたほうが面白いのではないかと思うぐらいです。

とはいえ、生きている間には、いろいろな不安に直面せざるをえません。

一つは、他人との関係でしょうか。

よく、学校などで「人」という字を書いて、人という字はこうして支え合って生きるんだと教えていることがあります。

しかし実際はどうなのでしょう。そういう関係の中で人同士が成立していることはあるのでしょうか？

あの「人」という文字は、片方の人間が片方の人間を支える。逆にいえば、片方の人は圧迫されているような感じさえするのですが。

人は病みつつ生きる

健康に関しても、どんな人にでも不安はあります。

私も、左脚が痛いので病院を受診したところ、変形性股関節症と診断されました。原因を聞けば、どうやら加齢ということらしい。関節に限らず、この年になると、咀嚼《そしゃく》、誤嚥《ごえん》、転倒など、すべてに気をつけなければなりません。

横断歩道などで、ひどくノロノロ渡っているお年寄りを見ます。若いときは、なんでもう少し早く歩かないかな、危ないなとしか思えなかったのですが、いまならばよくわかります。

あれが精一杯の歩き方なんだなと。

膝を痛めている人も多く、変形性膝関節症を患う人は約二千五百万人もいるそうです。ですから、脚のどこかに不調を抱えている人は珍しくないのです。

元気なときにはわからなかったことが、わかるというのも、年をとってよいことの一つでしょう。

私は若い頃から、数多くの体の不調を抱えて生きてきました。高齢期に達してからは、両手の指では数えきれないほどの故障とともに暮らしています。

若いときに病気に対して考えていたことと、いまの考えがもう一つちがうのは、症状に対する考え方でしょうか。からだの不調と付き合う中で考えることは多かったのですが、我流でいろんなことを考えてきました。

たとえば「治《じ》」という字の読み方です。

「治」とは「治療」とか、「完治」とかというふうに、病気が「治る」の意味で使われることが一般的です。また「治す」とか「治癒」という用いられかたもあります。私も若い頃は、そうした意味しか頭に浮かびませんでした。

しかし私はいつ頃からか、「病気というものは治らない」と考えるようになってきました。人はオギャアと生まれた瞬間から、死という目的地へ向けて歩いてゆく旅人です。行きつく先は、すべて万人が同じ場所です。「老」という病い、「死」という病いをせおって人は誕生するわけです。生きた人間はすべて病人であると、そう思い続けてきました。

これはまさに一〇〇パーセント、ネガティブな考え方だろうと思います。しかし、真実であることは疑いようがありません。

病気は治らない。「老」と「死」は、万人の宿命である。

そう思うと、「完治」という発想にどうしてもついていけなくなるのです。「治《なお》る」のではない。「治《おさ》める」だけなのだというのが、私の考え方です。

大きな手術をする。見事な技術で一〇〇パーセント完璧な手術が成功したとしても、体にメスを入れたという事実は消えません。医学の勝利と見える治療の成功も、完全な健康が約束されたわけではありません。

私の近代医学への不信の一つは、どこかに一種の傲慢さが感じられるところにあります。どれほど知識が進歩したところで、私たちは宇宙や生命の神秘の一〇〇万分の一ほどを解き明かしたにすぎません。

最近の医学は日進月歩の勢いで進歩しつつあるといわれます。ということは、これまでの理論や技術が未完成であったという事実の証明ではないでしょうか。

私たちは病気とともに生きています。できる限りそれをコントロールすることは可能でも、すべての体の不調を完治させることなど不可能ではないかと感じてしまうのです。

私自身、あちらを抑えれば、こちらが悪くなる、という追っかけっこの毎日だったからです。

その中で得た結論は、絵に描いたような健康などない、ということです。人は病みつつ生きるのです。

なにか一つを得れば一つを失う。人生とはそういうものではないでしょうか。

「諦める」とは「明らかに究《きわ》める」こと

「治《なお》す」「治《なお》る」という文字を、「治《おさ》める」と読むのは、「諦《あきら》め」があるからです。

ふつう「諦める」といえば、物事を放棄する、手放す、もう駄目だと考える、といった状況を言うようです。しかし、辞書にも解説してあるように、本来の意味はそうではありません。

「諦める」というのは、そもそも物事を「明﹅ら﹅か﹅に﹅究﹅め﹅る﹅」ことです。

私たちは「諦める」ことを、ネガティブな意味で用いている場合が多い。「諦念《ていねん》」や、

「諦観《ていかん》」などという。「断念する」というニュアンスがそこにはあります。

もともと「諦」とは仏教語として伝えられました。仏教では「四諦《したい》」などといいます。ここでいう「諦」とは「真理」のことで、四つの真理が「四諦」なのです。

〈生を諦め死を諦むるは仏家一大事の因縁なり〉

つまり生の意義を悟り、死をあきらかにきわめるのが、仏教である、ということでしょうか。

「アンチ・エイジング」という語感には、その「諦め」がない。人間の闘う意思は大事だけれども、その限界を静かに見定めることも重要なのです。

私は六十歳代のなかばで、車の運転をやめました。いわば諦めたのです。自分の反射神経、視力、聴力、手足各部の柔軟さが失われたことを、「あきらかに」認めざるをえなかったからです。

私は長年、車の運転を楽しんできました。それは私にとって実用の具ではありませんでした。自動車の歴史、そして人間とのかかわり、さまざまなストーリーを背景にした私の人生の一部だったと言っていいのです。

だから、車の運転を諦めることは、人生の半分を失うような感じでした。おおげさに言えば、「男をやめる」くらいの喪失感をおぼえたものです。

自分の五感の衰えを示す一つのできごとがありました。

新幹線で「のぞみ」に乗ると、いくつかの駅を通過する。時速二〇〇キロ以上で走り抜ける際に、以前は各駅の駅名標示の文字が、はっきり見えました。止まって見える、という感じだったのです。

ところが、六十歳になってから、サーッと流れて確認できなくなったのです。原因は動態視力の衰えです。

自分のフィジカルな衰えを、私はそのときはっきりと「自覚」したのでした。「諦める」とは、そういうことなのです。

眠りにつくように

フィジカルが衰えた先にあるのが死、です。その最期の迎え方というのも、不安の一つだと思います。

先にも触れましたが、一般にいわれる「孤独死」です。そもそもこの言葉の響きが良くないのですが、最近では「単独死」などと言い換えたりしているようです。

その孤独死という言葉から想起するのが、誰にも気付かれないで、死後何日もたってから発見されるというシーンでしょう。「さびしさ」「みじめさ」を想起する人も多いと思います。

しかし、私は孤独死を恥ずかしいこともないし、嫌だとも思いません。遺骨の引取人もいないというような人の死も、それほど哀れだとも思いません。むしろ、心のどこかで憧れている人もたくさんいるような気がしています。

かつて「サンカ」と呼ばれた日本の移動民がいたことは先ほど書きました。彼らは集団移動について行けないことが自覚できたら、その集団に別れを告げて、置いていってもらって、その場で死ぬことにしていたといいます。

私は、「行き倒れの思想」というのを説いたことがありました。できることなら野生の動物のように生きて、群れから離れて、姿を見せないかたちで死んでいくのが望ましい、という考え方です。

前記しましたが、「遊行期」にあたる人は、家族とも子供たちとも離れて、ガンジス川のほとりに死にに行く。ガンジスを目指して歩いていくわけです。

一見、みじめで、さびしいように見えますが、林住期の老人に対して途中の村々の人たちは、お遍路さんを接待するように、とても優しく接してくれて、お茶を出したり、ハンモックで寝かせたり、また見送ってくれるそうです。その人たちは、いわば「死の旅」へ出て行っているわけですが、そのときは完全に家族とも切れている。たぶん目指すガンジス川へは行きつけないで、途中で倒れる人も多いことでしょう。

死へ向かって準備をし、今日死ぬかもしれない、寝てまた目がさめたら、明日こそいよいよ自分は亡くなるかもしれないな……というように思いつつ、眠りにつくような最期というのも、この世にはあるわけです。

一方、最先端の医療技術を整えた日本はどうでしょうか。

たとえ家族や友人に見守られて息を引き取るにしても、集中治療室や、救命救急の病院で亡くなるケースが少なくない。

一度でもその様子を目にした人はよくお分かりだろうと思いますが、それはすさまじいものです。間断なくブザーが鳴り、鳴るたびに看護師が飛んでくる。危なくなると、否応なく死なないための処置が行われる。おびただしい管を体に入れられ、肋骨《ろっこつ》が折れんばかりに人工呼吸を施される。

とにかく生きた人間を維持するという雰囲気ではないのです。あのような環境の中で最期を迎えるのは本当に悲劇のような気がします。

できれば、老衰死というかたちで死ねたらいいのですが、それもまた困難な時代かもしれません。

俗に八〇〇万人ともいわれる団塊の世代が、つぎつぎと亡くなっていくとき、死は珍しい風景ではなくなり、当たり前の風景になるでしょう。

しかし本人が延命治療はしないでくれと遺言をのこしていても、家族がそれを我慢できずに、「先生、なんとかしてください」と、延命治療を望んでしまうケースが少なくありません。たとえ一分でも長く生きてほしいと願ってしまうのも自然なことです。

つくづく、ああいう死に方だけはしたくないなと、思ったものです。遺言をのこしていてもこういうことになるのを目の当たりにすると、確たる解決策はないのでしょうが、ふだんから家族と十分合意をしておく以外にないのかもしれません。

孤独死に備える

単独死、孤独死をするためには、それなりの準備が必要なのです。ひとりで生きるには、すべての責任を自分で取る必要がある。ですから、生活にかかる資金、あるいは死に往くための資金も残しておかなければいけないわけです。

ビジネス雑誌などを手に取ると、六十五歳から百歳まで生きるとしたら、どれぐらいの生活資金が必要かを親切に割り出してくれているファイナンシャルプランナーの記事が目に留まります。

その人の意見では、理想的には一億九千万円が必要だという。めまいがしそうになるかたも少なくないでしょう。年金で得られる額を差し引いても約四千万円が不足すると書かれていました。しかし、それほどの預貯金を蓄えられる人が世の中にどれだけいるでしょうか。

自宅のローンや子供の教育費などを、時には夫婦共働きで必死の思いで捻出して、ようやく定年という人も少なくないはずです。にもかかわらず四千万円の預貯金というのは酷ではないかと思うのです。

信頼を寄せる経済評論家の荻原博子さんのコラムでは、夫婦で最低一千五百万円をとりあえず蓄えておきなさいと書かれていました。

これさえも少ない数字ではありませんが、人生、何が起きてもおかしくないのは、どの年齢でも変わりはありません。

独り暮らしをしながら単独死を望む人は、大家さんなどに迷惑をかけないようにするのが最低限のマナーになります。

また、近所の人にも不安を与えるといけないので、民生委員や近所の仲のいい人に、毎日、新聞がたまっていないかを見てもらうようにお願いしておく必要もあるでしょう。

もし二日ぐらいたまったら、チェックしてもらうようにするというルールを決めておく。

自治体の中には、そうした役割の人や、段取りを決めているところがありますが、もしなければ、自分でそうした人間関係をつくったほうがよさそうです。

失われた臨終行儀《りんじゅうぎょうぎ》

平安時代、人びとの大きな関心を呼んだものの一つに、「臨終行儀《りんじゅうぎょうぎ》」があります。いわば臨終のときの作法ですが、これについて、老いも若きも、上流階級もそうでない人たちも、必死で真剣に考えたらしい。一種の流行のようになったようです。

なぜそんなことに熱中したのかといえば、それは、死んで極楽浄土へ往生したいと願うからでした。

例えば、亡くなったときにどちらの方角を向けて寝かせればいいのか。北向きにするか南向きにするのか。念仏は唱えたほうがいいのか。指から糸をつないで仏様に結びつけるのがいいのか。

今は病院で亡くなるケースが多いし、直葬といって、お葬式もしないで火葬場に直接送るケースも増えているようなので、臨終行儀も何もあったものではありません。また独り暮らしのお年寄りが増えているから、作法どおりにできるわけもない。

しかし、そういう混乱が起きているときだからこそ、老いと死というものを人びとが直視し始めたということだと思います。

「立つ鳥跡を濁さず」といいます。ひとりで生きて、ひとりで死ぬという、いわば「単独死、孤独死の文化」がまだ、日本には成熟していません。

そういう文化が根付いてくれれば、もっと穏やかに孤独死をしやすい環境が整うだろうと思います。

第五章

孤独を愉しむ

美しい夕日を楽しむために

私たちは明治以来、ずっと近代化を目指し、成長を続けてきました。山登りにたとえれば、登山道をひたすら上がるプロセスです。一九六八年に、当時の西ドイツを抜いて、GNP（国民総生産）で世界第二位に躍りでました。敗戦からわずか二十三年、〝東洋の奇跡〟ともいわれました。

しかしいまはどうでしょう。二〇一〇年、日本は四十二年続いた、経済大国世界二位の座を中国に譲って以降、かつてのような経済成長は望むべくもありません。もはや登山の時期は過ぎ、とっくに下山の時代に入ったといえます。

下山というとネガティブなイメージがありますし、登山に比べ価値のないことのように思われるかもしれません。これまでも、登山の中で、下山というプロセスはずっと軽視されてきたようにも思います。

私は、この「下山」に長い間、こだわり続けてきました。思っていたことは、下山というのは決して登山に劣る行動ではないということです。

文化は下山にさしかかったときにこそ成熟します。下山の途中では、登山のときよりも気持ちに余裕がありますから、遠くの景色を眺めたり、海をみたり、足もとに咲く高山植物をスケッチする余裕がうまれます。

下山を意識すれば、これまでの登山が実りの多い、豊かなものになるのではないか。また心に余裕があれば、いま自分はどこにいて、どこに向かおうとしているのか、そしてその先になにがあるのかを考えることもできます。下山とは、次に山頂を目指すために必要なプロセスでもあるのです。

山折哲雄さんが書いておられたのですが、こんな古い歌があるそうです。

親のない子は夕日を拝む　親は夕日のまんなかに

朝日と夕日、どちらがすぐれているかを議論するのは、意味がないことです。日が昇り、空を渡り、やがて西に傾いていく。そのときの夕日の美しさに人はみな心を打たれる。落日は終わりではなく、夕日の中に明日への希望や予感を感じる。西の空を美しく、荘厳に彩って沈んだあと、日はまた昇るのです。

では、下山のときに、美しい夕日を見られるように、日々を豊かなものにするためには、どうしたらいいのか。

対面して人から学ぶ

私は本を読むのが好きですから、読書は大切だと思っています。しかし、いま強調したいのは、直接に対面して人から教わることです。

自分の興味のあるテーマの公開講座に行き、その道の専門家の話を聞きに行ったり、長年やりたかった楽器を習いに行くのは実に楽しいことです。そこで大事なのは、対面して肉声で教えを受け、何らかのことを身に付けるということです。

とにかく、人と対面していろいろなことを習うことが大事なのです。

ブッダの時代、ブッダのもとに集う弟子たち、修行僧のことを声聞《しょうもん》と言いました。ブッダは一行の文章も書かなかったので、ブッダの弟子たちが、ブッダの肉声を聞いて、それを暗記したのです。いまの出版のように、すぐに文字になるわけではなく、のちに文字化されるまでの期間は言葉がそのまま記憶されて伝えられました。そして人から人へと伝えられていく。

仏教の経典は、「如是我聞《にょぜがもん》」という言葉で始まります。それは、「このように私は聞きました」という意味で、言い換えれば、仏教の原典は聞き書きだということなのです。

本などで、「これは特別書き下ろし作品です」などと書かれているものがありますが、仏教の経典もバイブルも書き下ろしではない。聞き書きや言行録のような書物なのです。

浄土真宗では聞法《もんぼう》ということを大事にしています。「法《ぼう》」というのは真実のこと、真理のこと。「聞《もん》」は聞くということです。先達の説教を百ぺん聞いて、暗記するぐらい聞き抜く。聞くことによって学ぶのです。

何かにつけ、人間に直接学ぶことが大事であることは、時代を経ても変わらないのです。

私が仏教に関心を持ったのも、あるかたから直接話を聞いたことがきっかけでした。その後、しばらく休筆して京都に住まい、龍谷大学に聴講生として通うことになりました。

きっかけは私より二つ、三つ年上のその人との出会いで、そのかたの生き方や考え方がとても好ましく思われたのです。素敵だなとも思った。その人を尊敬していたのだけれども、あるとき、その人が大変熱心な浄土真宗の念仏者であることを知ったのです。いろいろ話を聞く機会があって、その人から生き方を学んだりするうちに、仏教について心惹かれるようになってきた。

結局、その後、千葉乗隆先生の講義を聞くために聴講生として大学に通うようになったのです。教室で先生の話を聞いたことが、いまでも記憶に残っています。

この聴講生の経験で、授業とは、こんなにも面白いものなのかということを、改めて再発見したのでした。

なかには、わざわざ話を聞きに行かなくても、本を読めば理解できるのではないかと思う人がいるでしょう。しかし、読書というのは、あくまでも話を聞くことの代用行為なのだということが、対面して教えを受けてみるとよくわかります。

不思議なものです。肉声を通して人から教わることは、なにかちがう。いまも、そういう機会があると、できるだけ出かけて話を聞くようにしています。

大学の公開講座やカルチャーセンターの片隅で

私は親しい仲間と酒場をハシゴする習慣はありませんが、いまでもときたま神田や本郷あたりでひらかれている大学の公開講座を聞きに行くことがあります。知らない人たちと一緒に、倅《せがれ》のような若い先生がたの講義を聞くのも高齢期の楽しみの一つです。

若い講師の先生がたに気兼ねさせてはまずいと思って、マスクをかけたりしていくのですが、本当に面白い。

いつぞやは、一橋大学の名誉教授、中村喜和先生の講義を聞きに行ってきました。中村先生はロシアの専門家なのですが、私も大学ではロシア文学をかじっていたので、たいへん興味深く聞きました。有名なロマノフカ村についてのお話でした。

東京外国語大学の学外授業でロシアの現代歌謡に関する講義があったときにも聞きに

行って、非常に面白く勉強になりました。歌謡の演奏を実演したり、映像を上映したりと、工夫した内容で、とても充実した内容でした。黒板に板書された文字を追いながら、先生がたの話を聞くことは貴重な時間だと痛感したものです。

大学生のころは、授業が休講だという情報が入ると、「やったー」などと喜んでいたものだけれど、いまこの歳になってから受ける授業というのが、こんなにも面白いものとは驚きでした。受講料も、さほど高いものではありません。

カルチャーセンターのような場所にもときに足を運ぶことがあります。

こういう場所は大学ではないし、例えば大学の先生などもかなりリラックスして、いきいきと話をされるので、じつに面白いのです。

本を読むことと全然違った喜びというか発見があるので、皆さんにもぜひ積極的にこうした催しには参加することをおすすめします。

テレビなどの放送大学でも、なかなか面白い授業をやっていることがあります。番組表を見て関心のある授業を選んで視聴するのもいいでしょう。お金もかからないし、家で見られるので手軽です。

私は昔から人と会って話すのが好きでした。

かつて、私は〝対談キング〟ともからかわれたぐらい、対談の仕事を受けていたことがあります。対談のお相手は、ストリッパーから宗教家まで、どんなジャンルでもありです。今でも、新聞・雑誌・テレビなどから依頼される対談に関しては、積極的に引き受けています。

私がこの歳になっても、なんとか仕事ができているのは、こうしたいろいろな人との対談で刺激を受けていることもあるのかもしれません。

人と会うということで、相手の持っている知識だけでなく、エネルギーをも吸収できます。とにかく対面して声や表情、身ぶりなどから伝わってくるものを大事にしたいと思うのです。

ブッダもキリストも人との問答を繰り返した生涯だった

またブッダの話ですが、実は弟子たちは、ブッダの肉声を聞き、そのときの表情を見、そのときの言葉の響きなどを全身で感じながら、体にしみ込ませていった。

これは私の想像ですが、毎日夜になると「きょうブッダはこう言われたよね」とお互いに確かめ合いながら、教えを確認していく。そしてそれを暗記する。それをどういうふうに暗記するかというと、ポエムのかたちにするのです。それを偈《げ》と言います。それにメロディーをつけ、リズムをつけて体で憶《おぼ》える。

スッタニパータという原始仏典があります。この仏典、やたら繰り返しが多いので、読む人はみんな怪訝《けげん》な顔をするのですが、それは歌でいうリフレインの部分なのです。彼らは大事なことを、歌やリズムにしてリフレインしながら覚えるのです。

ポエムで声に出して唱えていると調子がいいから覚えやすいのです。

外国の歌にはリフレインが多用されますが、大事なところはリフレインすることで、強調する。活字にして読むと、同じことが何度も繰り返されているから、やや冗長な感じにはなるのですが、大切なことだからこそ何度も同じことを繰り返しているのです。

その当時の人たちが、街の市場や雑踏などで布教活動をするときには、まずホラ貝を大きな音で吹きならす。「法螺《ほら》を吹く」というのはこういうところから来ているのです。「法鼓《ほうく》を打つ」というのはドラムを叩くこと。ホラ貝を吹いて、太鼓を叩いて、何だろうと思わせて、人の耳目を引きつけるわけです。そして人が集まってくると歌をうたいだす。それがブッダの教えです。やがてまわりの人たちも一緒に合唱する。

さらに踊ったりして、周りの人も巻き込んで、「さあ、みなさん一緒にやりましょう」とやっていくうちに、さらに人の輪が広がっていく。

清沢満之《まんし》という、明治期の哲学者がいます。彼が自分の三つの大事な書物といっているのは、『エピクテトス語録《ごろく》』と、『歎異抄《たんにしょう》』、そして『阿含経《あごんきょう》』です。

これらは三つとも、もともとはある人物が語ったものを文章にまとめたものなのです。『歎異抄』は唯円という弟子が親鸞の言行録を書いたものだし、『エピクテトス語録』はローマ時代の哲学者の弟子が一言一句も違《たが》えずに師匠のふだんの言葉をまとめたものといわれている。『阿含経』は、ブッダの語ったことを暗記して後に文字化したものです。

ブッダの生涯は講演と問答の繰り返しでした。それで一生を終えたと言っても過言ではない。キリストも同じです。

新たな試みを

人が人に語りかける力、エネルギーはすばらしいものがあります。ですから、機会をみつけて、興味のある分野の専門家のお話を聞きに行くことをお勧めしたい。

先日、私にインタビューに来たある地方新聞の局長さんが、「最近、ギターを始めました」と言っていました。学生の頃、ミュージシャンになりたいという夢があったけれども、それをあきらめ新聞記者として四十年間、営々として働いてきた。そろそろ定年なので、またギターを始めようというわけですが、これも悪くないと思います。

中年以降になってギターを再びやろうと思う人は、自分で譜面を見て独学というわけにはいかないでしょう。やはり誰かにコーチをしてもらって教わるということになるのではないでしょうか。それこそ人と接して学ぶということは、晩年の喜びの一つだと思います。

よく定年になって、マーチンのギターを買う人とか、ハーレーに乗ったりする人がいます。人から直接教わるのは、何も文化的なものばかりでなくてもいい。楽器でもいいし、社交ダンスを習ってもいい、あるいは、外国語でもいいと思います。

そういう新たな試みこそが、生きる愉《たの》しみになってくるはずです。大事なことは面接、つまりレッスンを受けることです。

旅もいいでしょう。「小さな旅」も悪くない。

体が自由に動く間はできるだけ、旅をすることをおすすめします。私も七十代までは、百寺巡礼などと歩き回っていました。奈良の室生寺の階段七百余段を何べんも上がり下りしているぐらいだったのですが、股関節をいためてからは、なかなか旅も気軽にできにくくなりました。旅するためには、やはり体のケアが欠かせません。

思い出は無尽蔵の宝箱

晩年の孤独というのは、フィジカルな問題を抱えるため、体の動きが制限されることによって起きるとも言えます。

自由にスポーツをしたい、山登りもしたい、海外旅行もしたい。しかしそれができなくなってしまう。そこにさびしさもあるのだけれど、でも、できることはほかにきっとあるので、それをみつけていくというところに、孤独の愉しみがあるのかもしれません。

老人にとっては、時間の流れは若い時にくらべるとはるかに緩慢です。高齢に達すると一日が早く過ぎるというのが定説ですが、私はそうは感じません。一月、そして一年が耐え難いほどに長く感じられるときがあるものです。

その耐えがたい無為の時間を、生き生きと活性化してくれるものは何だろう。老いた人間に、未来を考えろといったところで、死ぐらいしか考えられないわけです。しかし過去の記憶は無限といっていいくらいにあるのではないか。過ぎし日のさまざまな記憶のなかから、楽しかった日々、幸せだった年月をしみじみとふり返ることはそれこそ高齢者の特権ではないでしょうか。

思い出にひたるということは、一般的にはうしろ向きのわびしい行為のように思われています。『おもいで酒』などという歌を口ずさみながら、カウンターの隅で水割をチビチビ飲んでいるイメージでしょう。

しかし、回想こそは個人にとって決して失われることのない貴重な資産なのではないでしょうか。独りでどれだけ空想の翼を広げても、誰からも文句は言われません。インフレーションで失われることもない。国家権力によって奪われることもない。時とともに色あせるどころか、むしろ色鮮やかに立ち上ってくるのです。長く生きたことで、若い人たちよりはるかに多くの蓄積があるのですから。

人生の前半は、新しい未来を夢想する時代であるのに対し、後半は自分が歩んできた人生を回顧する時代。そういうふうに考えてもいい。

その回想の引き出しをあけて、独り過去の歳月をふり返る時間は、誰にも侵すことのできない個人の黄金の時間です。体験は一時のできごとに過ぎません。しかし、その記憶ははるかにながく私たちの内面に生き続けるのですから。

人生後半になると、ああ、あのときは楽しかった、という記憶は数え切れないほどあるはずです。決して大した出来事でなくてもいい。それでも一人でコーヒーでも飲みながら思い出を何度も反芻《はんすう》することは、それだけで豊かな気分になってくる。それは孤独を愉しむ人に与えられる、無限を秘めた宝箱かもしれない。

人は六十年生きたら六十年生きただけのいろいろな出来事があり、思い出がある。それは、決して失われることのないその人の財産なのです。

反・断捨離のすすめ

とはいうものの、記憶の倉庫に収納された思い出を何の手がかりもなく引き出すのは、なかなかたいへんです。そんなときに役立つのが片々たる「モノ」です。

旅先で買ってきた土産物《みやげもの》を手にとっているうちに鮮明な時間がよみがえることもあるでしょう。何十年も前に喫茶店で撮影した一枚の写真から、青春の一コマがよみがえってくるかもしれません。つまりモノは回想の憑代《よりしろ》になるのです。

最近は断捨離ブームで、「なるべくモノは捨てて身軽に生きる」という潮流がありますが、どうでしょうか。私は懐疑的です。モノを捨てることは、記憶を捨てることにもつながるからです。

くり返し同じ話をするのは老人の欠点のように言われますが、はたしてそうでしょうか。

一度より二度、二度より三度と、その都度そのディテールは変化する。変化というより深化するといったほうがいいでしょう。

新たな交遊を作るのもいい。趣味を広げるのも悪くはない。しかし、自己の内面に独り沈潜して、回想を噛《か》みしめることこそ、新しい冒険かもしれない。

フィジカルには下山の道を歩むけれども、その分、内省的な部分は豊かに、また濃さを増してくるという実感があります。

よく「自分史」を書くように勧める人がいます。もちろん書ける人は文字に残しておくのはいいでしょう。ただ、書けなくても、自分の思い出を話して、それを誰かに聞いてもらうだけでもいいと思うのです。

本居宣長が『石上私淑言《いそのかみのささめごと》』という論文の中で、「悲しいときには悲しい、悲しいと心の中で思え」と書いています。悲しいということをごまかしていると、いつまでも心にそれがわだかまって消えないから、今、自分は悲しいんだ、悲しい、悲しいと思えと。そして、それを人にも語れと。声に出しても悲しいといえ、といっているのです。

では、語る相手がいないときはどうするか。

丘の上に立って大きな声で「俺は悲しい」とおらべと。四国や九州の方言で「叫ぶ」ことを「おらぶ」というのですが、そのように自分の気持ちを閉じ込めておかないで、吐き出すようにして表現することは大事なのです。

叫ぶ行為が、歌のはじまりだと言われれば、なるほどと納得します。

例えば、カラオケもそうです。悲しみの声を友人といえども聞かれたくないというのならば、一人でカラオケに行って〝おらぶ〟のもいいでしょう。それも孤独の楽しみの一つではないでしょうか。

幸福のレッスン

年をとると、若い頃には簡単にできたことができなくなってきます。しかしそれをどう捉えるかで、幸福感がちがってきます。

私は「幸福のレッスン」と呼んでいるのですが、「幸福を感じとる触手を持つこと」が高齢になってくると大切になってきます。

レッスンといっても、「努力をして幸福を摑《つか》む」というような大仰なものではありません。毎日の生活の中には、無数の小さな幸福があります。それに気付くか、気付かないかで幸福感はまるでちがってきます。

私の場合、年齢のせいで「嚥下《えんげ》」がスムーズにいかなくなっています。朝起きて一杯の水を気持ちよく飲めたら、それだけでもちょっと幸せな気分になる。

平衡感覚も衰えてきたので、立ったまままうまくズボンや靴下がはけなくなってきました。しかし、日によって上手にはける時もある。そういうときは、「おや、きょうはいい一日になりそうだ」と感じるのです。

新幹線に乗り、たまたま富士山がきれいに見えると嬉しい気分になるし、喫茶店に入って座りたいと思った席に案内されると、ラッキーだと感じます。

ささやかなことでも面白がる精神が大事だと思うのです。先日、週末に六本木の映画館でチケットを買おうとしたら、「深夜のほうですか?」と聞かれました。ところが私は「深夜じゃないよ、いま見るんだ」と、少し強い口調で言い返してしまいました。

通じていないと思ったらしい窓口の女性が、「深夜ですよね?」と言う。「ちがう！いま見るんだ」と言ってしまいました。

自分の間違いに気付いたのは、憤然としながらチケットを受け取ったときでした。チケットには「シニア割引」と書いてあるのが目に飛び込んできたのです。

ああ、あの窓口の人はきっと、友人に「かたくなにシニアと認めないジイさんがいた」と話すだろうなと思ったら、なんだかおかしくなってきました。

こういう出来事があると、「こんな勘違いをするなんて、自分も年をとったものだ」と落ち込む人がいるかも知れません。あるいは窓口の対応は失礼だと憤る人もいるかもしれない。

しかし笑える話だと受けとると、気持ちが温かくなります。

誰にでも一日に三つくらいは、小さな幸せの瞬間や、何か面白いと感じる瞬間や出来事があるはずです。それを覚えておいて、あとで何度も反芻して愉しむ。これも一つの老いの特権でしょう。

ですから、楽しかったこと、面白かったこと、嬉しかった出来事を、そのつどメモしたり、スマートフォンに入力しておくといいかもしれません。おそらく、若い人たちが自撮りをするのは、本能的に、幸せな瞬間を記憶しておきたいと思っているからではないでしょうか。

小さな喜びをしっかり覚えておき、それを一日一日積み重ねていく。するとそれが習慣として身についてきて、なんとなくその人から幸せ感が漂ってきます。

なんとなく負のオーラをまとった人のまわりに、人は近づきたくないものです。「よろこびの達人」には、いつしか幸運が舞い降りてくる、というふうに、うまく事が運ぶかどうかはわかりませんが……。

孤独を愉しむ決まったノウハウは、ないと思います。自分でいろいろと試しながら、自分に合ったものを続けていけばいいでしょう。

「裏切り者の思想」を持つ

孤独を愉しむノウハウの、番外編的なことを少し付け加えたいと思います。

五十代の人でも、死に至る重篤な病気をしなければ、残りが五十年ある可能性がある。その長い期間をどう生きるかを、いまのうちに考えておいたほういいでしょう。もし、孤独と向き合う覚悟ができれば、あるいは最期は一人なのだという覚悟ができていれば、悩みは半分ぐらいになるだろうと思うのです。

三十代、四十代のころに、所属する組織なり会社なりに、依存して生きるという姿勢で仕事に臨んでいる人には、群れを離れることを頭においたほうがいいと思うのです。

法然の弟子たちに対する遺言の一つは「群れるな」でした。法然を宗祖に立てたりして、大きな組織にしていくのではなく、弟子たちはばらばらに地方へ行けといっているのです。群れないで、一人一人が地方へ行って、それぞれ自分たちが身につけたものを、その地方地方で伝道しろといったのです。

しかし法然亡き後、人びとは群れてしまいます。盛大な法要が弟子たちによって執り行われ、宗派ができていくわけです。

師について修行をつんだ弟子たちでも、やはり群れる。

とくに法然の時代などは、封建制度があった時代ですから、命がけでリーダー的な存在を盛り立てていくというのが美徳でした。それをやらない者は、ある意味で、裏切り者ということになる。

しかしいまは、封建社会ではありません。「裏切り者の思想」というものを持つ必要もあるかもしれない。

会社に対する忠誠は尽くす。しかし、会社がなくても俺は生きるよという、二心《ふたごころ》あるということがすごく大事です。一方が「共に生きる」という姿勢。そして片方が「孤独」「和して同ぜず」という心情。

組織に属してはいても、最終的には一人だ、というふうに覚悟しておいたほうがいい。この組織から離れたときの自分はどうなんだろうという、問いかけを自分に常にしておくことも大事なような気がします。

終章

孤独は永遠の荒野ではない

デラシネとは

私は「デラシネ」という言葉にひとかたならぬ思い入れがあります。『デラシネの旗』という本を書いたこともあります。よく「根無し草」と訳されたりしますが、ちょっとちがう感じがします。

デラシネとは、政治的な力や、大きな力で故郷から根こぎにされた人びとのことなのです。力ずくでその土地から引き離されて、よそへ送りこまれた人たち。たとえば難民キャンプにいる人たちが、現代のデラシネといっていいでしょう。

シベリアに抑留された人びとは、好んでシベリアへ行ったわけではなく、無理やりに連れていかれたのです。シベリアだけでなく、ウランバートルとか、とんでもないところまで送りこまれて重労働をさせられた。それがデラシネです。志して行ったわけではありません。

私の場合、放浪とか孤独とか孤立するとかは、好むと好まざるとにかかわらずある意味では日常的なことでしたから、逆に、鴨長明がわざわざ山に入るというのは、ずいぶん余裕のある人だったのだなと思ったこともありました。

移動して生きる人びとへの視線

日本の文芸の伝統の中には、一般社会を離脱し隠遁したり放浪する者に対する、憧れと蔑《さげす》みという二重性が潜在的にあります。

津軽三味線の名人として知られるある人物が以前、こんなことを語っていました。最初に自分が津軽三味線をやりたいと言ったときには、親戚一同に、「おまえは、ボサマになる気か」と言われたというのです。

「ボサマ」はその土地で「ほいと（物乞い）」という意味で使われた言葉らしい。門《かど》づけをする流れの芸人を指します。自分たちは、こんなちゃんと自分の田も持っている立派な百姓だのに、そういう階級に身に落とそうとするのかと、親戚一同から猛反対を受けた。

しかし、その人は、自分の道を貫き、国から表彰されるまでになりました。

移動する人びとは自由に移動する。しかし、定着した人びとから見ると、移動する人びとは、蔑視の対象になり、同時にある種の憧れをもって見られるのです。

折口信夫の言う「まれびと（客人）」「まろうど」というのは、訪れてくる人びとを迎える人びととの感覚です。韓国でも「サムルノリ」という移動の芸人たちがいます。

そういう人びとを、村びとたちは待ちかまえて、歓待し芸を楽しむのだけれども、その人たちが宿泊するときは、村の外にしか泊めない。自分たちとははっきりとした境界を設けていたらしい。

昔、木村毅《きむらき》氏（作家、評論家）が書いたエッセイの中に、ロンドンで地下鉄に乗ると、ときたま、いまで言うロマという移動の民が車内に乗っている姿を見ることがあるという話がありました。彼らをちらちらと眺めているイギリスの紳士たちや淑女たちの目の中に、ある種の蔑視の感情と同時に、羨望と憧れの視線が自分には感じられた、というふうなことも書かれていたのです。

いろいろなことにとらわれず、自由に生きていく彼らの姿に対する、定住市民の無意識の憧れというものが、いまも潜んでいることは間違いがないだろうと思います。「ボヘミアン」という言葉も、流れ者、さすらい者、といった意味になりますが、一般の市民からすれば蔑視の言葉です。

しかし、くり返し、くり返し日本人は寅さんの映画を観ますし、国定忠治の芝居など、無宿、流れ者、「関東無宿」という任俠《にんきょう》ものも、日本映画ではずっと定番になっています。

江戸時代には無宿人狩りというのがあり、無宿人はそれだけで罪人扱いされました。しかし、そうした絆を逃れて流浪する人間に対する共感がどこかにあるのです。

それが、たとえば西行、あるいは芭蕉のような、一つの芸道を守っていく人たちにも伝わっていくし、もう一面では任侠、犯罪者、アウトロー的なものに対する憧れともなっていきます。

日本の文化の伝統の中で、侘《わび》と寂《さび》が重要であると言いますが、茶道、生け花を芸術として確立させた千利休は、歌人でもありますが、こころの中に流浪への憧れがあったように私は思います。

利休は命令されれば金の茶室などをつくったりするけれども、その一方で、河原に葦《あし》で編んだ屋根の掘っ建て小屋をつくり、そこで静かに川の音を聞いているような世界に対する憧れというものが、こころの中にずっとあったらしい。

侘・寂という美意識は、功成り名遂げた常民・定住民の、漂流民の生活への憧れだというふうに私は思います。金の茶室でお茶を点《た》てるよりは、苫屋《とまや》というか、仮の住まいの中で、せせらぎの音を聞くような暮らしへの憧れがひそんでいるのです。

千利休もまた竹の道具を扱う人びとの誇りを忘れてはいませんでした。

群れから離れたいという願望

以前、『孤独の力』（東京書籍、二〇一四年）という本を書いたとき、あるアンケートを試みたことがありました。

その結果、既婚者の半数以上がなんらかのかたちでこれまで家出を考えていたことがわかりました。しかもその率は女性のほうが高い。これは不思議といえば不思議です。

放浪に生きる人間たちの出現を、不安と恐れのまなざしで見る。なぜ不安と恐れを感じるのかと言えば、自分たちの生き方が否定されそうな気になるからです。

自分のこころの中に抱いているものに火をつけられそうな気がするから、不安を覚え、その人間のことを頭の中で否定する。ああいうのは社会のゴミだというふうに考えようとするのかもしれない。

人間は、群れをつくるという本能もあるかもしれません。それからカップルをつくるという本能もあるでしょう。しかし同時に、本来は独りでそれぞれが生きたいという、群れを離れたい願望というのも半面あるのだ、というふうに思うところがあるのではないか。

つねに群れにいることでもって、その孤独は保証されているという逆説があります。群れと孤独の関係というのは、そういうものだと思います。

孤独者は孤独者として、しばしば群れと接触するのです。鴨長明もしょっちゅう京都の町へ行って様子をみていたようです。

竹林に入ってしまって、そこで獣と一緒になって死んでしまったら、隠遁とは言いません。

世俗のいろんな付き合いというものと切れて生きるけれども、一方には世俗の世界がある。そして自分はそこと離れて生きているということで、隠遁なり、孤独なりというものが保証されているのです。

もしも全員が孤独者だったり、全部がばらばらに暮らしているのだったら、隠遁も孤独も意味がありません。

西行や、藤原定家、芭蕉など、そういう人たちは当時の、ある意味でのアイドルだったと考えると納得がいきます。そのような生き方に対して、みんなが憧れたからです。官職を離れ、出世の道を捨て、徘徊というか放浪、漂泊ひと筋に生きる道を心の奥で皆が憧れていたのです。

真実は、こわれやすく、もろく、はかない

鴨長明は、飢餓の中では、愛する者を持っている人間のほうから先に死んだ、それは愛する者に食物を与えたからだと書いています。

さりがたき女男など持ちたるものは、その思ひまさりて、心ざし深きはかならずさきだちて死しぬ。そのゆゑは、我が身をば次になして、男にもあれ女にもあれ、いたはしく思ふかたに、たまたま乞ひ得たる物を、まづゆづるによりてなり。

（『方丈記』）

しかしそうではないこともあります。真実というものは、右か左か、白か黒かではありません。つねにあいまいな、こわれやすい、もろい、はかないものであり、動的なものなのです。きのうの真実が、きょうの真実であるとは限らないし、この人にとっての愛が、あの人にとっての愛かどうかはわからない。

親鸞はその九十年の生涯を揺れ動いて、ダイナミックに揺れながら、しかも、ある方向へ向けての軸は変わらなかった。スイングしながら生きたというふうに捉《とら》えられます。

例えば、腸内の常在菌を、善玉菌と悪玉菌に分けて、善玉菌を増やすのが大事、と言われてきた。しかし、いまの考えでは、そのどちらにも属さない日和見菌がたくさんいて、そのときそのときの状況でどっちにでもくっつく、というような見方があります。「生命とは動的平衡にある流れである」というのは、分子生物学者、福岡伸一さんの概念ですが、変わる、移る、動く、そのときそのときのことで動いていくものであるというふうに理解すべきでしょう。

親鸞が言っていることは、例えば、アウシュビッツ収容所に配属されて、人を殺せと言われたら殺したかもしれなかった人が、福祉施設で働いていたら一生を子供のために尽くしていたかもしれないということです。

悪人であるか、善人であるかという問題ではない。人はその機に応じて人も殺すし、善も行う。そこに他力に触れる可能性がある。人間を可変的に捉えているのです。躊躇《ちゅうちょ》する、あるいは手心を加えるというちがいがあったとしても、本来人は何をやるかわからない。だから、簡単に善い人、悪い人というふうに分けてはならない、ということを言っているのでしょう。

わかりやすく二つに分けてしまって、孤独が良い、孤独は悪い、という分け方でなく、真理というものは不透明で、つねに流動している。人によって動く。時代によっても動く。状況によっても動く。けれども、動くものだという「真理」は変わりないのです。

連帯を求めて孤立をおそれず

社会の枠から外れる、という生き方があります。ただ、これは非常に不自然であるし生きづらい。

しかし、それも孤独への、一つの大きな道です。

中世、十五世紀に生きた蓮如は、毀誉褒貶《きよほうへん》の多い人で、どちらかというと悪口を言われることが常です。しかし、蓮如は日本に念仏というものを広く根づかせたという、歴史的に大きな仕事を成し遂げた人でもあります。

この蓮如が「額に王法《おうほう》、こころ（内心：原文）に仏法」と述べています。世間の秩序とか国法とか、そういうものに対して逆らって、一揆を起こすようなことは避けなければいけないという。逆に、こころの中で、いちばん大事なのは将軍でもなければ領主でもない。仏法《ぶっぽう》である。信心というか、信念というものを持ちながら、社会の中ではそれを表にダイレクトに表さない。これは二重生活の仕方であり、ある意味ではダブルスパイみたいな生き方なのです。蓮如がもっとも批判されるのはその点でしょう。

しかしこうした生き方は実際にはよくあると思うのです。目的のために「社会を離脱せよ」とか「家庭を離れよ」とか「友人を捨てよ」とか、そういうことだけを言うのではなく、それなりにちゃんと暮らしつつ、こころの片隅に、孤独の力というものを、じっと、ひそかに、養いつづけている人がいる。

思想、あるいは信念というものが生まれてくるのは、つねに、二者択一を迫られたときに、両者を否定するのではなく、また両者を融合させるのでもなく、それぞれの違ったものを同時に、二重に、内部に共存させるという。いちばん難しい道によってであるのかもしれません。

「連帯を求めて孤立を恐れず」という言葉が、かつて学生たちに使われたのを覚えています。その意味は非常に深いところがある。

私たちは、多くの人びとに笑顔で接しつつ、一方で孤独の力というものをちゃんと認め、その中で孤独でいる。そういう生き方こそ、もっとも現代的な生き方ではないかと思うのです。

「二者択一」、勝つか負けるか、敵か味方か、という考え方は、つきつめればやがて特攻思想にも辿《たど》りつきかねない。人間のこころは二重構造を持っているという考え方こそ、「思想」という名に値するのではないかという気がしてなりません。

目的を持って生きるべきか、目的を持たずに生きるべきか、というような、二者択一の思想は、敵か味方か、というふうに、ものごとを単純に分けてしまうだけではなく、人間の実際の生き方とは縁遠いものだという気がするのです。

例えば、移動放浪の気持ちを大切にするということは、定住しつつ移動する、ということです。それでも自由を大事にするこころを失わない。

移動放浪する人たちの中にも、一方でまた、定住への非常に深い憧れがあります。憧れがあるからこそ、移動放浪する人びとが残した言葉や文学作品、俳句とか和歌にはさびしさがあるのです。

放浪はさびしいことなのです。さびしいことだけど、深い歓びもまたある。

定住する人には、定住することのさびしさがあります。定住することの歓びというものもある。そのどちらに軸足を置くかで、その人の生き方が分かれてゆくわけですが、孤独のこころを、定住しても失わないということが、私はすごく大事な生き方のような気がしてならないのです。

つまり、人と一緒に行動しながら、すべての面で人と和すわけではないということです。そう言うと、なんとなく中途半端だと思われるかもしれませんが、現実の生活というのはそうしたものだと思います。笑顔をつくっているけれども、こころの中ではさびしい。それが現実なのです。

生きるか、死ぬか。そのどちらか、ということではない。生きるということは死を見つめながら生きることであり、死ぬということは生きているからこそできることなのです。

すべてを二つに分けてしまうのは、きっぱりした生き方と見えるかもしれませんが、私はもっとこんがらがった生き方のほうが大事だと思えるのです。

結婚する人もいる。結婚しない人もいる。子供をつくる人もいるし、つくらない人もいる。会社に勤める人もいる。自由業の人もいる。反体制の人もいれば、体制をつくっていく人もいる。人の世は、さまざまです。

さまざまだが、本書で述べた歴史的人物のように、人間は独りで生まれ独りで死んでいくのだという、孤独というものをちゃんと見つめる気持ちがあれば、それにささえられるものは決して少なくないだろうという気がしてなりません。

孤独の力について

これまで述べてきたように、たくさんの人びとが、社会の拘束や、絆を断って、放浪の旅に出た。あるいは出家とか遁世などの現象がありました。

人には、そうした人たちへの憧れというものがこころの奥底にありました。

一方に連帯の中で生きた人間に対する共感があり、また一方では、絆を断って孤独の中に生きた人間に対する憧れも、いまも私たちのなかにはあります。

いま、世相はどうなのかと考えると、孤立することをできるだけ避けたいという、そうした風潮が強い。しかし、孤独は永遠の荒野などではないのです。

私は、「時機相応《じきそうおう》の思想」というものをいつも考えます。「時機」というのは、その時代とその時ということなのですが、いまの時代にはこうだ、と考えます。

考え方も定住をしない。永遠の確立した思想というのもあるのかもしれませんが、そのときそのとき、時代の状況・流れの中で変わってくるのが当然です。

そんな非定住的思考で見れば、現代は、孤独に耐える力、孤独の持っている大事なこと、そういうものが非常に希薄になってきている。人びとが孤独に弱くなって、孤独は悪であり、人間としてのさびしい道であるというふうに考える風潮ばかりが強くなってきているように感じます。

そういうなかで、一種の国民的一体感というか、全体の中の一部であることの歓び、そういう感覚をいま求める風潮が芽生えつつあるような気がしてなりません。

こういう時代に、むしろ自分自身で意識的に孤独の意味を考え、孤独の持っている力というものを養っていく。いまこそそういうことが大切な時代なのではなかろうかと思うのです。

【対談】

歳をとるにつれて
ひとりの時間が
味わい深くなる

●下重暁子

下重暁子（しもじゅう・あきこ）

早稲田大学卒業後、NHKに入局。アナウンサーとして活躍後、フリーに。民放キャスターを経て、文筆活動に入る。現在、日本ペンクラブ副会長、日本旅行作家協会会長。主な著書に、『家族という病』『持たない暮らし』『極上の孤独』など半世紀以上の付き合いという五木寛之さんと下重暁子さん。出会った当初から、お互いに「孤独」の影を感じていたという。自分との対話を繰り返して見出す「ひとり」の指針とは。

仲良くなると別れるのがつらいから

下重 五木さんと初めてお会いしたのは20代の頃。NHKのアナウンサーとして担当した『夜のステレオ』というラジオの特別番組で、構成者としてスクリプト（台本）をお書きになっていたのです。だから今でも、私にとっては、「五木寛之さん」ではなく、「のぶひろしさん」なの。

五木　50年以上前ですね。お互い80を過ぎてもメディアの世界で働いているなんて、不思議なご縁です。しかも下重さんは『極上の孤独』、僕は『孤独のすすめ』と、二人とも最近、「孤独」に関する本を出した。

下重　五木さんが作家としてデビューされた頃から、私もラジオ番組『夢のハーモニー』に物語を書くようになりました。初めての著書は、それをまとめたものなのです。五木さんに帯の文章をお願いしたのですが、お書きになったことを覚えています？

五木　どうだったかな。(笑)

下重　私の物語に時々現れる「孤独」らしきものに触れて、「そこまで見ていいんだろうか」と。今でも忘れられません。

五木　「孤独」には、深淵を覗《のぞ》くような感覚がある。この若い書き手が、よくぞここまで、という思いがあったのでしょう。

下重　あの頃から五木さんには、孤独の影がありましたね。

五木　そうですか。放送の世界の中にいても、自分がぴったり来ないというか、まるで

転校生のようで。そもそも僕は小学校で3回、中学で3回、学校を替わっています。転校生というのは、非常に孤独でね。先生が「仲良くしてあげてください」などと言っても、最初はみんな遠巻きに見ている感じだし。

下重 よくわかります。私も父の仕事の関係で、2、3年おきに学校を替わっていました。

五木 ひとつの地域の中で育ち、ひとつの学校を卒業した人たちは、多かれ少なかれ周りの絆に守られている。ところが転校を重ねた人間には、どこか孤立感があるんですよ。

下重 本当に仲良くなると別れるのがつらいので、あまり親しくならないようにしていましたね。

五木 僕も、「君子の交わりは淡きこと水のごとし」をモットーにしてきました。好きになりそうな人だと思うと、あえて距離をおいてしまう。

下重 さらに私は、小学生の時に2年間、結核で自宅療養しましたから。天井の板目の模様を見て妄想したり、蜘蛛の巣作りをじっと眺めたり。ひとりの時間を楽しむ術《すべ》を身につけざるをえなかったのだと思います。

犀の角のように歩みたい

五木 下重さんも僕も、「孤独」を否定的に考えていません。外国では、そういった感覚が一般的ですね。たとえばポルトガル語の「サウダーデ」。「郷愁」「孤愁」と訳されることもありますが、「懐かしさ」といったもっと複雑なニュアンスを含んでいる。ロシア語の「トスカ」も、なんとも言えない孤独感を表す言葉です。要は、ひとりである状態や感情をマイナスのものとするのではなく、人としての大事な心のあり方として捉えているのですね。

下重 私は個性の「個」の字は、孤独の「孤」とよく言っています。孤独を知らないと、決して「個」が確立しない、と。

五木　僕が言う孤独は、決して「ひとりでいる」ことを指しているわけではありません。たくさんの人の中にいても、自分自身を失わない、ということです。下重さんはご著書で、「犀《さい》の角のようにただ独り歩め」というブッダの言葉を引用していますよね。

下重　お釈迦さまが亡くなる寸前に語った言葉だそうです。世界には多種多様な動物がいるし、人も十人十色。自分の教えをどう解釈してもいいので、ひとりでこれからの生き方を決めなさい、ということでしょう。

五木　サバンナには、象もいれば鹿や猿、ライオンもいる。水辺にはいろいろな動物が集まるけれど、不思議なことに犀は一頭でやってくる。

下重　実際に犀を見たことがありまして。本当にその通りなのですよ！

五木　「犀の角のように歩め」というのは、孤立しろということではない。さまざまな動物と共生しつつ、ひとりで凛と立て、ということでしょう。つまり「和して同ぜず」。コーラスは、それぞれのパートのメロディーを守って歌うからこそ、ハーモニーが生まれる。同じように、集団の中に溶け込んだらダメなのです。

下重　生まれる時もひとり、死ぬ時もひとり。そう考えると、他人もひとりだという想像力も湧く。結局、人間はめいめいが違う、ということ。だからこそ、人への思いやりや、尊重する気持ちが生まれるのではないでしょうか。自分も人も同じだと思うと、かえって異なる人に対していじめや差別が起きてしまうのです。

自分への期待は、大きくてもいい

五木　現代的な病のひとつは、「自分のことをわかってほしい」という自己承認の欲求が強すぎることかもしれない。そのぶん、「この人にもわかってもらえなかった」という不全感が生じる。そもそも、他者のことを完全に理解するのは無理。だから「自分は誤解されている」とか、「わかってもらえない」などと、がっかりしないほうがいいんじゃないのかな。

下重　私は他人にそれほど期待してはいませんね。さらに言えば、家族も他人。相手に期待しすぎたら、裏切られるのは当たり前です。だって、どう思うかはその人次第なのですから。私は人にしないぶん、自分に期待することにしています。

五木　なるほど。

下重　その点はおめでたくできていて（笑）、「こうしたいと思ったら、いつかできるに違いない」と信じているの。できなかったら、それは自分の責任。自分に期待するのは、どんなに大きくてもいいのですよ。

五木　僕は、人間は、死に向かう病を得ていると考えています。オギャーッと生まれた瞬間から、人は死に向かって歩いていく旅人だ、と。そうしたニヒリズムから人生を眺めているので、かえって身体的にも精神的にも健康な生き方が見えてくることもありますね。

下重　五木さんの場合、ニヒリズムの原点は？

五木　敗戦です。あれで、価値観がひっくり返ったわけですから。

下重　あぁ、それも私と同じです。

五木　ましてや僕のように外地で敗戦を迎えると、同胞や国には何も期待できないと、身をもって知らされる。棄てられた民として引き揚げてきたので、ゼロから自分で歩いていくしかなかった。戦後七十数年が経ち、そういう経験もなく生きてきた人たちが今、「個」の問題で揺らいでいるのではないでしょうか。近代というのは、個の確立を目指したわけです。それが一応は達成されたところで、今度はもっと認められたいという欲求が生まれ、焦っているように見えます。ツイッターやインスタグラムなどで発信し、「いいね」という同意をほしがるのも、その表れかもしれませんね。

下重　疎外されることへの不安感も増しているようですね。ＳＮＳで仲間外れになったらどうしようという強迫観念が高まっています。とくに女性は、人から誘われたら断れないなど、つい相手に合わせる人が多い。でもいつも誰かと一緒にいると、それがクセになります。すると、自分と向き合い、思考する機会がなくなってしまう。ひとりにならないと、自分を知ることはできませんから。

大事なものを見落としていませんか

五木 そういえば、下重さんはけっこうな年齢になってからバレエを始めておられますよね。

下重 そんなことまでご存じとは！ 48歳から始めました。

五木 え、48歳から。それはすごい。

下重 小さい頃から身体が弱かったので、運動らしい運動はしたことがありませんでした。でも40代に入ってから、身体を動かしてみたくなって。クラシック音楽が好きだったので、バレエならできるのではないかと思ったのです。すっかりハマってしまい、小さなお教室から始めて、松山バレエ学校に通うまでになったのですよ。五反田のゆうぽうとで舞台にも立ちました。

五木 そんなふうに好きなことを見つけて、自分を楽しませる時間を持つのも、まさに「極上の孤独」ですね。

下重 私は歳をとるにつれて、ひとりの時間が大切になってきました。あと何年生きられるかわからないのだから、好きなことをしたい。私は宵っ張りで朝寝坊。夜はひとりでオペラやお芝居を観に行ったり、友人と飲んだり、家にいても遅くまで音楽を聴くか本を読みます。ですから夫婦で寝室も分けているんですよ。家族がいても、このようにひとりの時間を持つのは大事。その気になれば、難しいことではないと思います。

五木 下重さんは、ひとり遊びがお上手なんだね。

下重 観劇でも買い物でも、ひとりで行けるところはひとりで。行きと帰りは違う道を歩きます。たとえば散歩をするだけでも、季節の花が咲き始めたとか、インコが野生化した群れを見つけたとか、さまざまな発見がある。飽きることがありません。

五木 孤独の豊かさを満喫するために最も手軽で効果的なのは、ひとり旅です。家族や友人との旅も楽しいけれど、人と一緒だとお喋りに気をとられて、案外、大事なものを

見落としてしまう。ひとりで知らないところに行くと、感覚や感性が磨かれ、思考が深まっていきます。

下重 ひとり旅が不安なら、ツアーでも仲の悪い人と行くと、一緒にいないですむ(笑)。ひとりになる時間を作るといいですね。

五木 でも今は、みんなスマホと〝二人旅〟ですよ。乗り換えから旅先の情報まで、何かというとスマホで検索するから、頭で考える必要がない。スマホがあると、孤独にはなれないですね。初めて見る景色も、すぐ写真に撮って誰かに送るから、内省する時間がないのです。感じる心を育てるためにも、「スマホを捨てよ、旅に出よう」と言いたい。

下重 つい最近、若い友人に勧められてLINEを始めました。すると、「既読」と出ているのに返事がこなければ、つい気になってしまう。便利だけど、ある意味で危険なツールだなとも思いました。

五木 あの小さな機械を通じて誰かとつながっていないと、不安になってしまう。影響が大きいと思います。

孤独でなければ本当に愛し合えない

下重 ところで良寛《りょうかん》（江戸時代後期の禅僧）について、ちょっとお伺いしたいのです。良寛は生涯寺を構えず、草庵でひとり暮らしをしていましたが、里の人びとともと積極的に交流していましたよね。そして貞心尼《ていしんに》という恋人らしき人もいた。良寛の書を見ましたが、あれほど自由な字を書く人をほかに知りません。

五木 良寛は白隠《はくいん》禅師の「君看双眼色　不語似無憂（君看《きみみ》よ双眼《そうがん》の色《いろ》　語《かた》らざれば憂《うれ》い無《な》きに似《に》たり）」という句を愛し、書にして残しています。つらいとか、悲しいとかあえて言わないので、人からそうは見えないけれど、心の奥には語りつくせないほどの思いがある。そういった意味でしょうか。僕もその書を見ましたが、なかなか味わい深いものでしたよ。

下重　良寛の孤独は、自由で広々としていますよね。

五木　そこなんですよ。僕が目指すのは。魯迅《ろじん》も言っていることですが、「孤独な人間は狷介《けんかい》に見えてはいけない」と。他者を受け入れない人は、本当の意味での孤独ではないんですね。たとえば誰かが「昨日のプロ野球は巨人が勝ってよかった」と言ったら、興味がないとあしらうのではなく、「そうだね。やっぱり抑えの投手次第だな」とか答える。他人の話に合わせることも大事です。いかにも孤独そうに見える人は、相手に甘えているだけ。

下重　私も孤立するのではなく、〝孤高〟でいたいです。

五木　孤独というのを心の病のように受け取る人がいるけれど、決してそうではない。孤独でなければ本当には人と愛し合えないと誰かが言っていたけれど、僕も同感だな。

下重　相手もひとり、自分もひとりだと思うからこそ生まれる、なんともいえない温かさがありますものね。

五木　孤独は恐れたり、嫌ったりするものではなく、その中に大きな可能性があり、豊かさがあるのだと、認識を変えてほしい。

下重　結局、孤独というのは、自らを慈しむことなのでしょうね。

（『婦人公論』二〇一八年六月二十六日号　再掲）

あとがき

あらためて考えてみますと、これまであった文学、芸術、思想、哲学といったカルチャーはほとんど五十歳までのものであることに気付きます。縄文時代以降、これほど多くの人が九十歳、百歳まで生きるなどという状況ではつくられてこなかったわけです。誰も経験してこなかった世界が目の前に現れた。

ですから私たちは、初めて体験する、「地図のない旅」に、今まさに直面しているといっていい。

老年をどう生きるか、五十歳から百歳までの時期をどう生きるかということは、海図も、地図も、羅針盤もない。そこへ船出しなければいけない大変なことなのです。

人生が五十歳、六十歳の時代の「老」と、今の「老」とでは、状況はあきらかにちがいます。自分自身が八十歳を過ぎて、そういう時期に差しかかっていますが、この時期をどんなふうに、人間の充実した時間として生きていくか。

これまでは「余生」と言って、その時期は人生の余ったおまけのようなものであって、数にカウントしない、というのが普通の考え方でした。

しかしいまは「余生」はない。六十五歳から九十五歳までの三十年間こそ、まさに人間の孤独というものを見つめながら生きていかなければいけない、大事な時期にほかなりません。

人間が、さらに孤独になっていく過程が「後半」です。孤独になっていく過程を、辛抱する、耐える、衰えを気にしながら暮らしていくというのではなくて、独りで生まれてきて最後は独りで死んでいく、ものごとの完結の時期として、何かいいかたちで過ごすことはできないだろうか。

いま、あらためて、人生の残りの尻尾のようにくっついていた晩年を、新しい季節として考える。人生の後半こそを一つの時代として設計する必要があるのではないかと考えています。

そのとき最大の問題として浮かびあがってくるのが、やはり孤独という問題なのかもしれません。

本書は『孤独の力』（東京書籍、二〇一四年）をベースに、『日刊ゲンダイ』の連載「流されゆく日々」の中から「『孤独のすすめ』補稿」「『和して同ぜず』の思想」「ふたたび『孤独』について」（二〇一七年十月三十一日〜二〇一八年十一月二日）、『婦人公論』「幸せになりたいのなら、孤独を楽しみなさい」（二〇一八年一月二十三日号、中央公論新社）を再構成のうえ、大幅に加筆、修正を加えて構成したものです。

本文構成／西所正道
対談構成／篠藤ゆり
対談写真／大河内禎
本文ＤＴＰ／今井明子

ラクレとは…la clef=フランス語で「鍵」の意味です。
情報が氾濫するいま、時代を読み解き指針を示す
「知識の鍵」を提供します。

中公新書ラクレ
651

続《ぞく》・孤独《こどく》のすすめ

人生後半戦《じんせいこうはんせん》のための新《あら》たな哲学《てつがく》

2019年 3 月10日発行

著者……五木寛之《いつきひろゆき》

発行者……松田陽三
発行所……中央公論新社
〒100-8152 東京都千代田区大手町 1-7-1
電話……販売 03-5299-1730　編集 03-5299-1870
URL http://www.chuko.co.jp/

本文印刷……三晃印刷
カバー印刷……大熊整美堂
製本……小泉製本

Published by CHUOKORON-SHINSHA, INC.
Printed in Japan　ISBN978-4-12-150651-1　C1295

中公新書ラクレ　好評既刊

L574　嫉妬と自己愛
―「負の感情」を制した者だけが生き残れる

佐藤　優 著

外務省時代に何度も見聞きした「男の嫉妬」。作家として付き合う編集者たちに感じる「自己愛の肥大」。自分自身をコントロールできない人は、学校や会社など実社会で大きな軋轢を起こし、周囲は多大な迷惑を被ることになる。このような〝困った人〟とはどう付き合えばいいのか。自分がそうならないためには何をすべきか。文学作品の中に描かれた嫉妬と自己愛を読み解き、専門家との対論を通じて、誰もが内に抱える「負の感情」の制御法を考察する。

L585　孤独のすすめ
―人生後半の生き方

五木寛之 著

「人生後半」を生きる知恵とは、パワフルな生活をめざすのではなく、減速して生きること。「前向きに」の呪縛を捨て、無理な加速をするのではなく、精神活動は高めながらもスピードを制御する。「人生のシフトダウン＝減速」こそが、本来の老後なのです。そして、老いとともに訪れる「孤独」を恐れず、自分だけの貴重な時間をたのしむ知恵を持てるならば、「人生後半」はより豊かに、成熟した日々となります。話題のベストセラー!!

L597　キリスト教は「宗教」ではない
―自由・平等・博愛の起源と普遍化への系譜

竹下節子 著

本来、「生き方マニュアル」として誕生した教えから、受難と復活という特殊性を通して「信仰」が生まれた。「宗教」として制度化したことで成熟し、広く世界に普及する一方で、様々な思惑が入り乱れ、闘争と過ちを繰り返すことにもなった。本書は、南米や東洋での普及やその影響を通じて、ヨーロッパ世界が相対化され、近代に向かう中で、「本来の教え」が普遍主義理念に昇華するまでの過程を、激動の世界史から解読する。

L599

ハーバード日本史教室

佐藤智恵 著

世界最高の学び舎、ハーバード大学の教員や学生は日本史から何を学んでいるのか。『源氏物語』『忠臣蔵』から、城山三郎まで取り上げる一方、天皇のリーダーシップについて考えたり、和食の奥深さを学んだり……。授業には日本人も知らない日本の魅力が溢れていた。ハーバード大の教授10人のインタビューを通して、世界から見た日本の価値を再発見する一冊。アマルティア・セン、アンドルー・ゴードン、エズラ・ヴォーゲル、ジョセフ・ナイほか。

L605

新・世界の日本人ジョーク集

早坂 隆 著

シリーズ累計100万部! あの『世界の日本人ジョーク集』が帰ってきた! AI、観光立国、安倍マリオ……。日本をめぐる話題は事欠かない。やっぱりマジメ、やっぱり英語が下手で、曖昧で。それでもこんなに魅力的な「個性派」は他にいない! 不思議な国、日本。面白き人々、日本人。異質だけれどスゴい国。世界の人々の目を通して見れば、この国の底力を再発見できるはずだ。激動の国際情勢を笑いにくるんだ一冊です。

L607

独裁の宴《うたげ》

——世界の歪みを読み解く

手嶋龍一+佐藤 優 著

中露北のみならず、いつのまにか世界中に独裁者が〝増殖〟している。グローバリゼーションの進展で経済も政治も格段にスピードが速くなり、国家の意思決定はますます迅速さが求められるようになっているためか、手間もコストもかかる民主主義に対し市民が苛立ちを募らせている。これが独裁者を生み出す素地になると本書は指摘する。だからといって民主主義は捨てられない。こんな乱世を生き抜くための方策を、両氏が全力で模索する。

L609

ご先祖様、ただいま捜索中!

——あなたのルーツもたどれます

丸山 学 著

自分のルーツを900年遡ったのをきっかけに、先祖探しと家系図作りの魅力にとりつかれ、ついにはそれを本業にしてしまった行政書士。古文書を読み込み、お墓の拓本をとり、菩提寺や本家を取材、依頼人のご先祖様の暮らしぶりに迫る。多数の事例を通して、プロの調査手法を一挙公開、自力での先祖探しのコツも伝授する。ファミリーヒストリーを辿りたい人にとって必読の一冊である。

L611

50歳からの人生術
――お金・時間・健康

保坂　隆　著

人生後半の質は、自分自身で作るもの。お金があるからといって幸せとは限らない――。精神科医として長年中高年の心のケアをしてきた著者は、人生後半で大切なのは「少ないお金でも心豊かに過ごすこと」だと説く。定年を意識し始める50歳から、「老後のためにお金を貯める」のではなく「今を大切にしながら暮らしを考える」ことで、お金の不安を静かに解きほぐし、「楽しい老後」への道を開く！　心が軽くなるスマートな生き方のヒントが満載。

L613

英国公文書の世界史
――一次資料の宝石箱

小林恭子　著

中世から現代までの千年にわたる膨大な歴史資料を網羅する英国国立公文書館。ここには米国独立宣言のポスター、シェイクスピアの遺言書、欧州分割を決定づけたチャーチルの手書きメモから、夏目漱石の名前が残る下宿記録、ホームズへの手紙、タイタニック号の最後のSOS、ビートルズの来日報告書まで、幅広い分野の一次資料が保管されている。この宝石箱に潜む「財宝」たちは、圧巻の存在感で私たちを惹きつけ、歴史の世界へといざなう。

L614

奇跡の四国遍路

黛　まどか　著

二〇一七年四月初旬、俳人の黛まどかさんは、総行程一四〇〇キロに及ぶ四国八十八か所巡礼に旅立った。全札所を徒歩で回る「歩き遍路」である。美しくも厳しい四国の山野を、施しを受け、ぼろ切れのようになりながら歩き継ぐ。倒れ込むようにして到着した宿では、懸命に日記を付け、俳句を作った。次々と訪れる不思議な出来事や奇跡的な出会い。お遍路の果てに黛さんがつかんだものとは。情報学者・西垣通氏との白熱の巡礼問答を収載。

L615

「保守」のゆくえ

佐伯啓思　著

世界の無秩序化が進み日本も方向を見失っている今、私たちは「保守とは何か」を確認する必要に迫られている。そのなかで成熟した保守思想の意味を問い直し、その深みを味わいある文章で著したのが本書だ。「保守主義は政治の一部エリートのものではない。それは自国の伝統にある上質なものへの敬意と、それを守る日常的な営みによって支えられる」と著者は述べる。本書が見せる保守思想へのまなざしは、時に厳しくもまた柔軟で人間味豊かだ。